생명 연에서 찾다

글·사진 최병관

한울

지은이의 말

생명 연에서 찾다

이번에 한울에서 출간하는 『생명 연에서 찾다』는 15년 동안 주로 시흥시 관곡지에서 연꽃을 찍고 글을 써온 것이다. 원래 큰 꽃은 사진을 찍지 않았지만 그렇게 큰 연꽃이 내 눈에는 아주 작은 꽃으로 다가오는 것이었다.

오래도록 연꽃을 집중적으로 찍을 수 있었던 것은 '생명'의 신비로움을 연에서 찾았기 때문이었다. 그토록 아름다운 연꽃도 때가 되면 어김없이 말라죽는다. 그런데 이상한 것은 말라죽은 연꽃 자리에는 또 다른 형체가 생겨나고 꽃 외의 연대, 연잎, 연밥은 여러 모양의 디자인 예술품으로 새롭게 탄생하는 것이었다. 그러니까 죽은 게 아니었다.

그런 연꽃을 찍으면 찍을수록 점점 더 깊게 연꽃 속으로 스며들어가는 것 같았다. 연꽃의 신비로움에 넋을 잃고 멍하니 바라볼 때도 한두 번이 아니었다. 우아하면서 도도한 것 같아도 겸손하게 다가오는 연꽃, 삶과 죽음을 반복하는 연꽃을 찍을 때마다 나도 모르게 엄숙해지면서 생명의 신비로움을 느낄 수 있었다.

연꽃은 불교의 상징이기도 하지만 종교와 관계없이 많은 사람들의 사랑을 받는 꽃이다. 그러니까 연꽃을 종교적 시각으로 보아서는 안 된다는 것을 깨달았다. 연꽃을 국화로 지정한 나라도 7개국이라고 한다. 그만큼 수많은 사람들에게 사랑받을만한 충분한 이유가 있는 것이다.

사진으로 표현이 부족할 때는 글로서 보충을 했다. 하지만 그게 여간 어려운 게 아니었다. 어떻게 하면 내가 느낀 연꽃을 찍을 수 있을지 그 의문은 계속되었다. 연꽃 속으로

들어가 본다는 것은 무모할 만큼 어려운 숙제로 남게 되었다. 하지만 생명의 신비로움을 연꽃에서 찾기는 계속될 것이다.

한 권의 책이 출간되기까지는 혼신을 다해 사진을 찍고 글을 써야 한다. 그러나 출간이 결정되고 나면 가슴이 뛰고 잠 못 이루는 날이 허다하다. 이번에도 기꺼이 출간을 승낙해 주신 한울엠플러스 김종수 대표님, 박행웅 고문님께 감사한 마음 가득하다. 편집을 맡아 함께 고민해 준 편집부 직원들에게도 감사함을 전한다.

2022년 5월

소래작업실에서 최병관

차 례

3부 사랑할 때 더 아름다운 생명

4부 죽은 연에서 생명을 찾는다

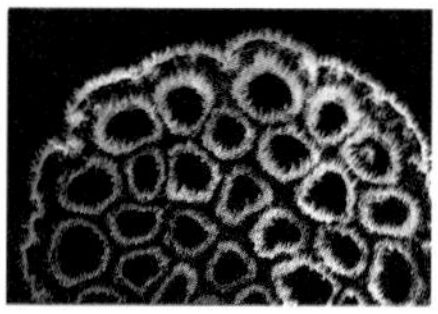

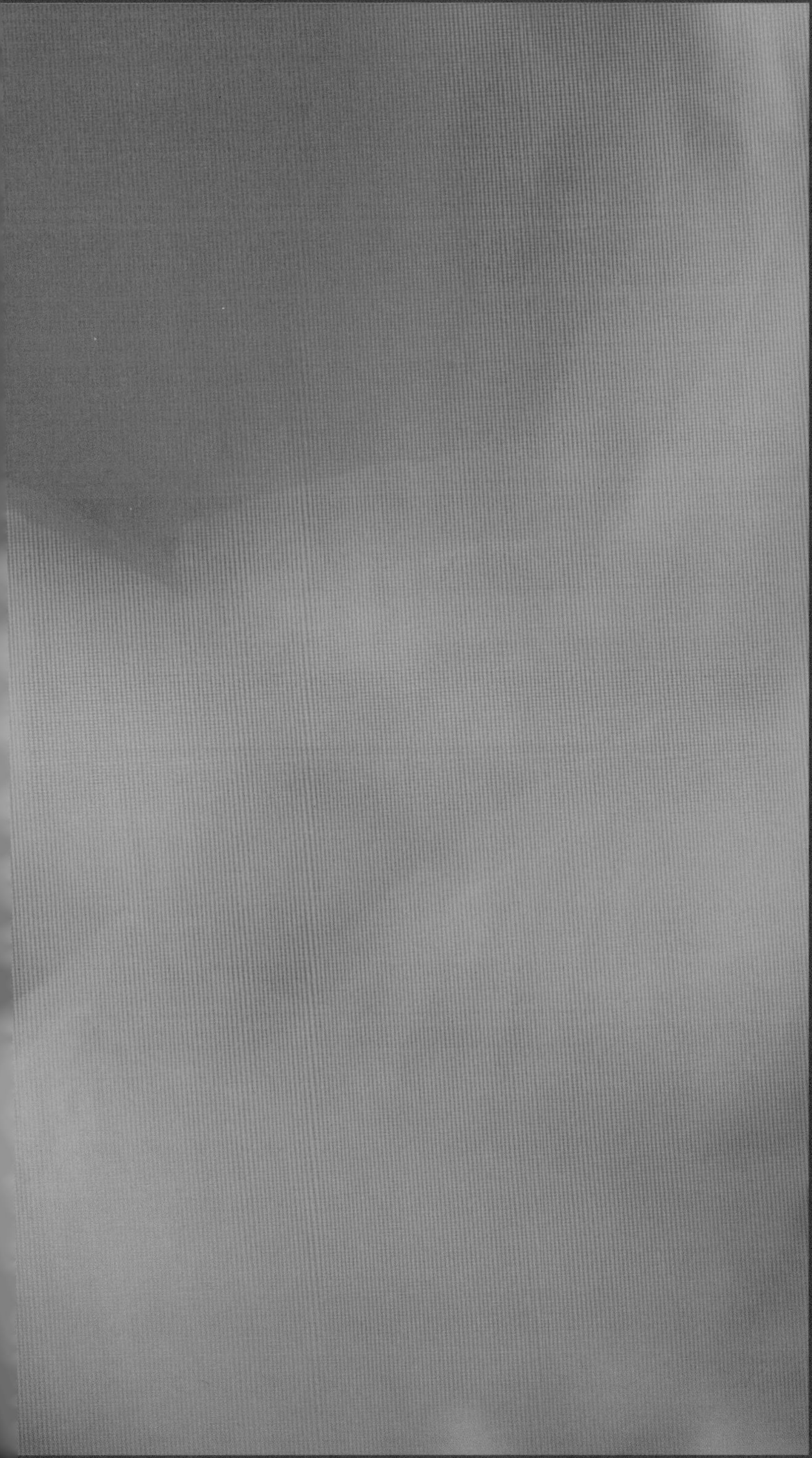

1부

연꽃에 숨어있는 이야기를 찾아

관곡지의 연모종

관곡지에 연모종이 한창이다. 연뿌리를 모두 수확한 땅에 작은 뿌리를 새로 심는 중이다. 노동력이 많이 필요한 연 농사는 대부분 외국인 근로자들이 하는데 인건비가 올라서 재배면적을 많이 줄였다고 한다. 기존 연밭에는 파란 연잎이 물 위로 고개를 내밀기 시작했다.

연은 진흙탕에서 뿌리를 내리고 대가 올라와 아름다운 꽃을 피운다. 여름이 되면 연꽃이 절정을 이룬다. 연근, 연잎, 연꽃, 연밥. 하나도 버리는 게 없다. 연꽃이 피는 계절이 오면 각지에서 몰려온 인파들로 관곡지는 북새통을 이룬다.

연꽃을 불교의 상징이라고 하나 종교에 관계없이 많은 사람들이 연꽃을 좋아한다. 지난해에는 태풍이 연밭을 휩쓸고 가 연 농사를 망쳤다는 소리를 주인으로부터 듣고 올해는 연 농사가 대풍일 거라고 위로를 했더니 하얀 이를 드러내며 빙그레 웃는 농부의 인상이 밝아 보였다.

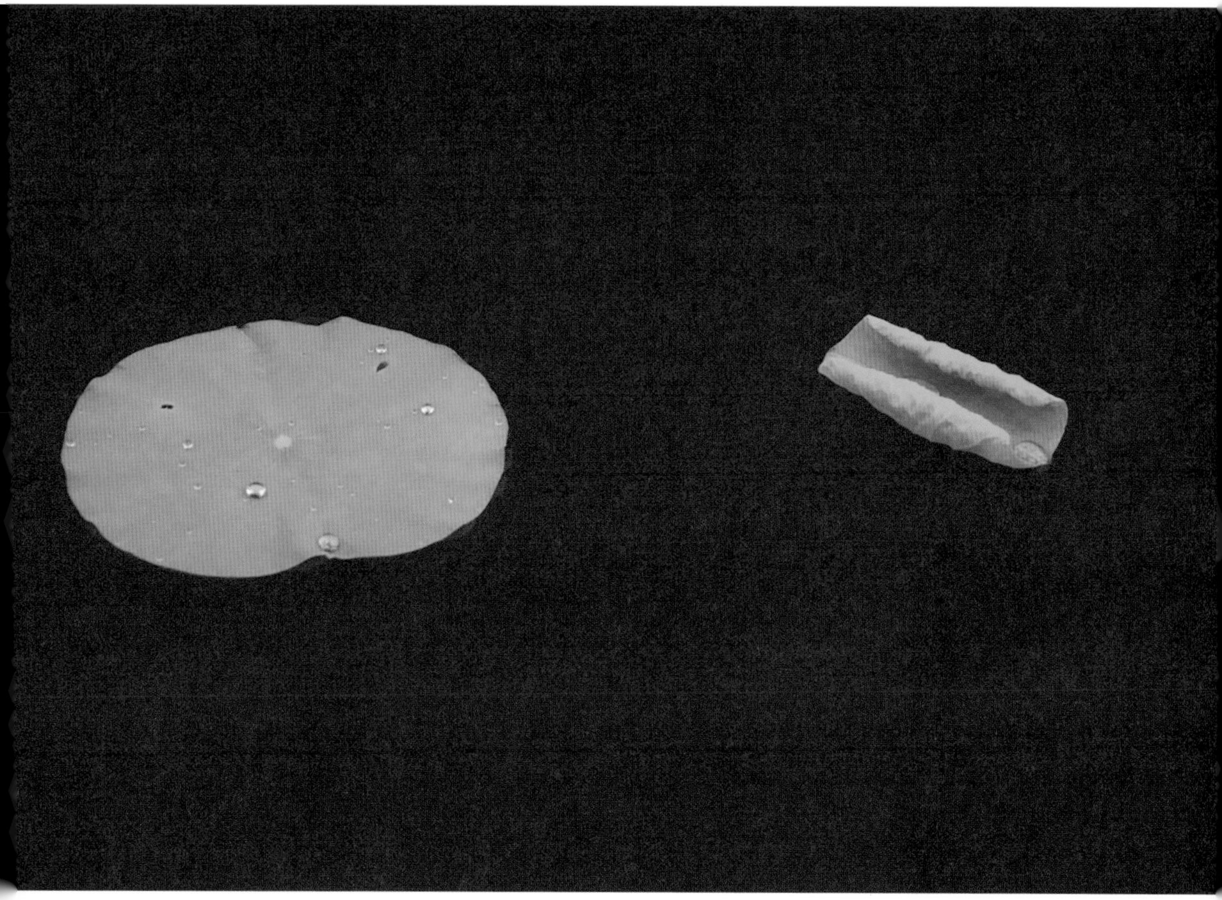

요즘
관곡지에는

요즘 관곡지에는 연꽃을 피우기 위해 진흙탕 속에서 싹을 틔운 연잎이 하늘을 향해 힘차게 올라오고 있다. 연꽃이 필 때면 관곡지는 많은 사람들로 북적거린다. 연꽃에는 신비로운 생명의 비밀이 숨겨있는 듯하다.

연꽃은
더 기다려야

때를 잊어버리고 시흥 관곡지 연꽃을 찍으러 갔는데 연꽃은 아직 잠에서 깨어나지 못하고 있다. 엉뚱하게 시들어 가는 몇 그루 남지 않은 붓꽃과 시도 때도 없이 피어난 코스모스를 찍었다. 연꽃 단지라고 해서 연꽃만 있을 거라고 생각했던 게 잘못이다. 하지만 다 죽어 가는 붓꽃 중에도 용케 살아남은 몇 그루에서 자연의 질서를 깨닫게 되었다.

연꽃은 이제부터

관곡지의 연꽃이 잠에서 깨어나기 시작했다. 카메라를 든 사람들도 부쩍 많아졌다. 하루가 다르게 피어나는 게 연꽃이다. 그러나 지난해보다 연꽃이 부실할 것 같다. 연잎과 연대에 진딧물이 새까맣게 달라붙어서 영양분을 빨아먹기 때문이다. 그런 상태에서는 연근은 물론 연꽃에도 피해가 있을까 걱정이 된다.

작업실에서 가까운 거리에 그런 훌륭한 연밭이 있다는 것을 항상 감사하게 생각하며 사진을 찍는다. 연꽃은 이제부터 시작이다.

연꽃에 숨어있는
이야기를 찾아

연잎도 연꽃의 일부다. 관곡지 연밭에는 연꽃만 있는 게 아니다. 연잎, 연대, 연밥, 그리고 연잎에 맺힌 탱글탱글한 물방울 모두가 좋은 사진 주제가 된다. 그런데 많은 사람들이 오직 연꽃에만 관심이 있다.

사진에는 주제와 부제가 있게 마련이다. 연꽃이 주제이지만 부제와 어우러져야 좋은 사진이 된다. 사람에게는 인생 스토리가 있듯이 연꽃에도 스토리가 숨어있다. 그 스토리를 찾아 찍어야 나만의 사진이 된다. 사진가는 고정관념에서 벗어나야 더 좋은 사진을 찍을 수 있다.

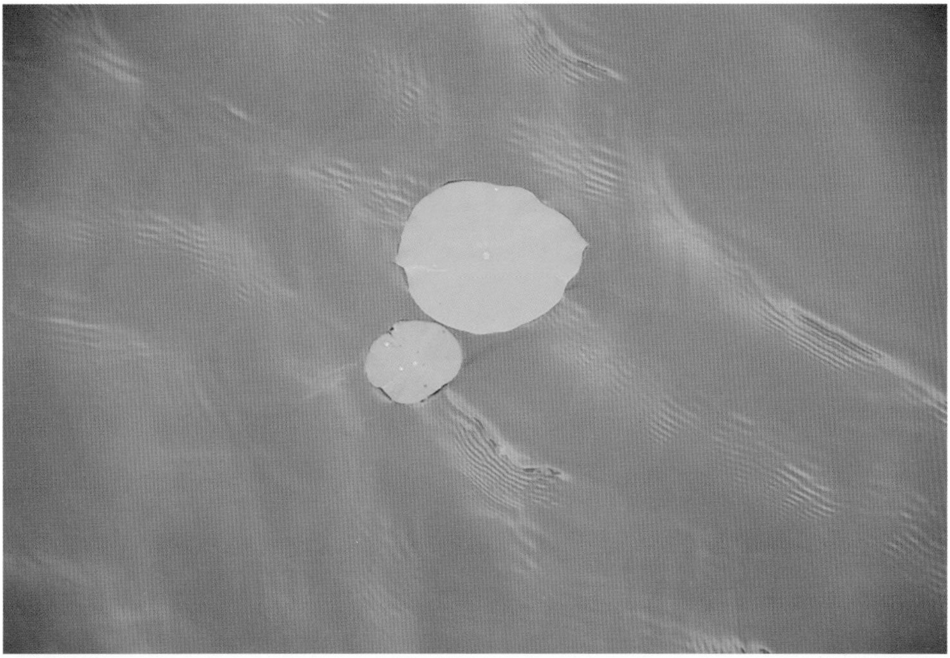

늦잠을 자고 있는 연꽃

연꽃이 늦잠을 자고 있다. 수련 몇 송이와 백련, 홍련 몇 송이가 세상구경을 나온 상태다. 그런데 가시 연잎이 코브라처럼 벌떡 일어나 있다. 막 한 컷을 누르자마자 모르는 아주머니가 사진을 찍어달라는 바람에 주춤했는데 눈 깜짝할 사이에 가시 연잎은 다시 눕고 말았다. 신기한 현상이었다. 바람도 불지 않았는데 어떻게 해서 물 위에 누워있던 연잎 반쪽이 일어났는지 도무지 이해할 수가 없었다.

그나저나 속이 상했다. 왜 결정적인 순간에 사진을 찍어달라고 했는지 그 아주머니가 원망스러웠다. 그렇다고 뭐라고 따질 수도 없었다. 사람이 무서운 세상에서 바보가 상책이라고 생각했다. 그나마 한 컷이라도 찍은 게 다행이었다. 옆에 서서 말은 안 해도 사진을 찍어달라는 눈치였다. 어쩔 수 없이 그의 휴대폰으로 세 컷을 찍어주었다. 사진을 보더니 "잘 찍었네요." 넉살이 참 좋은 아주머니다.

연잎에
빗방울이 떨어지면

연잎에 빗방울이 떨어지면 이리저리 굴러다니며 정교한 동근 모양의 물방울이 된다. 연잎에는 특별한 성분이 있는 것 같다. 투명하며 동그란 물방울이 또르르 굴러다니는 게 참 신기하다. 잎이 큰 호박잎이나 다른 식물에서는 볼 수 없는 풍경이다.

그런 연잎을 아무리 들여다보아도 기름이 칠해져 있는 것 같지 않았다. 연잎은 전생에 음악가라는 생각을 해보았다. 빗방울이 연잎에 떨어질 때의 소리와 구르는 소리는 명곡 중에 명곡이다. 비 오는 날의 관곡지는 오케스트라가 연주하는 멋진 공연장과도 같았다.

비 쏟아지는 날 아침

1년의 절반인 6월의 마지막 날이다. 밤새도록 내리던 비가 아침까지 이어 내린다. 장마가 시작되었나 보다. 관곡지 연잎에 떨어지는 빗방울 소리가 생각나 아침부터 그곳으로 달려갔다. 비가 쏟아져서 그런지 한가하다. 카메라를 든 사람들도 보이지 않았다.

우산만 한 연잎에 빗물이 어느 정도 고이고 나면 연잎은 고개를 흔들어 빗물을 흘려보낸다. 그때 물 바닥으로 굴러떨어지는 소리도 정겹다. 올해 연 농사는 지난해보다 부실한 것 같았다. 그러다 보니 연꽃도 부실할 수밖에 없다는 것을 알 수가 있다.

비 오는 날 꼭 연꽃을 찍으러 간 것만은 아니었다. 우산을 쓰고 한적한 연밭 길을 걷는 것만으로도 행복하기 때문이었다. 여기저기서 개구리들이 울어댄다. 황소개구리 울음소리는 꼭 황소가 우는 것 같다. 연밭에서 모이를 찾던 철새가 놀라 후드득 날아갔다. 나도 놀랐다.

관곡지의 연잎은 하늘을 향해 쑥쑥 올라오건만 웬일인지 연꽃은 잠에서 깨어나지 못하고 있다. 연밭 한쪽에 있던 비닐 창고를 모두 철거하고 파란 잔디를 깔아 참 보기가 좋다. 하늘은 먹구름이 두껍게 덮여있다. 6월의 마지막 날에도 연꽃은 늦잠을 자고 있는 것일까?

조석으로
온도가 낮아서

올해는 연꽃이 늦잠을 자고 있는 줄 알았다. 지난해 이맘때는 연꽃이 만발했기 때문이다. 그 넓은 연밭에 아직도 듬성듬성 올라와 피어있을 뿐이다. 그 원인을 관곡지에서 연 농사를 전문으로 수년째 짓고 있는 연밭 주인에게 물었다.

"올해는 왜 이렇게 연꽃 피는 게 늦나요?" "큰일입니다. 조석으로 날씨가 저온이어서 연꽃이 올라오지 못하고 있습니다. 인건비는 비싸고 연 농사가 흉작이면 어떻게 해야 할지 막막합니다." 농부의 근심 어린 표정이 얼굴에 스며있다.

전국적으로 연밭이 많지만 사진을 맘 편하게 찍을 수 있는 곳은 관곡지뿐이다. 감사하게 생각하며 사진을 찍고 있으나 미안할 때도 있다. 연꽃을 마구 잘라가거나 훼손시키는 사람이 있기 때문이다. 그래도 연밭 주인이나 시 관리인은 제제를 하지 않는다.

게다가 사람이 쉴 수 있는 공간과 잔디밭을 잘 가꾸어 놓았다. 자연과 사람을 배려하는 시흥시는 칭찬받을만하다. 관곡지 연밭에는 올해도 어김없이 벌과 사람들이 몰려들고 있다. 특히 멸종되어간다는 꿀벌을 가깝게 볼 수 있다는 것은 큰 행운이다.

누가 꺾어 버렸을까

유난히 불쑥 올라온 연꽃 두 송이가 허리를 휘감은 채 하늘로 치솟아 있었다. 한 송이는 피었으며 다른 한 송이는 봉우리로 이틀 후면 활짝 필 것 같았다. 꼭 형제 연꽃 같았다. 다음 날 형제 연꽃을 다시 찍기 위해 곧바로 그곳으로 달려갔다. 그런데 분명히 두 송이가 올라와 있던 연꽃이 한 송이만 남아있었다. 봉우리 한 송이가 사라진 것이다. 주변을 살펴보니 누군가 한 송이를 꺾어버린 것이었다.

그곳에는 물이 괴어 있어서 장화를 신지 않고서는 갈 수가 없는 곳이었다. 일반 사람들은 장화를 신고 올 리가 없는데 분명히 사진을 찍는 사람의 소행이었다. 꺾인 한 송이는 물에 처박혀있었다. 분한 마음이 들기도 했으며 사진가로서 수치감을 느꼈다. 마음이 상해서 돌아가려고 해도 새벽부터 동행한 K 국장 때문에 이러지도 저러지도 못했다.

그러나 결국 예정 시간보다 서둘러 관곡지를 떠나 다른 곳으로 이동하기로 했다. 차를 타려다가 다시 그곳으로 향했다. 꺾인 흔적이라도 찍어놔야겠다고 생각을 바꿨기 때문이었다. 그런데 누군가 또다시 아예 연대가 보이지 않는 지점까지 더 꺾어버린 것이었다. 금강송을 찍기 위해 다른 한 그루를 베어버린 사건이 생각났다. 더 이상 그곳에 머물기가 불편했다.

누군가 꺾어버린 연꽃 때문에, 그것도 사진을 찍는 사람의 소행이라는 생각이 들어 하루종일 마음이 우울했다. 그런 몰상식한 사진인 때문에 카메라를 감추고 싶을 때가 바로 어제 같은 날이다. 연밭을 관리하는 책임자에게 말을 할까 하다가 아예 그곳을 폐쇄해 사진을 못 찍게 될 것 같아 말 못 한 나도 나쁜 놈이라는 생각을 떨쳐버릴 수가 없었다. 정성 들여 연밭을 가꾸는 분들께 죄송한 마음뿐이었다.

사람도 벌도

사람도 벌도 관곡지로 모여들고 있다. 특히 카메라를 든 사람들이 부쩍 많아졌다. 벌은 연꽃의 꿀을 따러 오는 것이며 사람은 사진을 찍기 위해서다. 관곡지의 연꽃은 하루가 다르게 올라오고 있다. 하지만 지난해보다는 부실한 게 사실이다.

사람이 많이 모여들다 보니 간간이 충돌도 있다. 사람을 몰래 찍다가 들켜서 찍지 말라고 소리 지르며 초상권으로 고발하겠다고 언성을 높이기도 한다. 사람을 찍으려면 사전 허락을 받아야 한다. 몰래 찍어서 사용을 하게 되면 초상권에 저촉이 된다.

관곡지에 연꽃이 필 때면 카메라 시장 같기도 하다. 볼거리가 이만저만이 아니다. 사진 찍는 사람들이 많아지는 것은 환영할만하지만 문제점도 많다. 소형 양수기 같은 것을 동원해서 시흥시 직원들이 출근하기 전에 물을 뿌리면서 조명등을 비추고 사진을 찍는 사람들도 있다. 그런 행위는 연을 죽이는 것이다.

사진을 찍기 위해 연 잎이나 연꽃, 연대를 꺾어버리는 것은 아직도 진행 중이다. 그런 짓은 후진국에서나 볼 수 있는 풍경이다. 그런 몰상식한 사람들 때문에 카메라를 든 사람 모두에게 나쁜 인상을 심어주는 게 안타깝다.

좋은 주제를 찾았을 때의 기쁨은

요즘은 아침 5시면 훤하다. 오전 9시가 되면 푹푹 찌는 더위에 사진 찍기가 어렵다. 그래서 6시까지는 관곡지에 도착을 해야 하기 때문에 부지런을 떨어야 한다. 그런데 해뜨기 전에는 공기가 차가워 꼭 긴팔을 입고 간다.

하루가 다르게 여기저기서 연꽃이 고개를 내밀고 있다. 연꽃 송이마다 꿀벌이 날아다니며 꽃술로 들어가 부지런히 꿀을 따고 있다. 벌 만큼 부지런하면 부자 되기는 어렵지 않을 거라는 생각을 하게 된다. 꿀벌은 오직 꿀 따는 데만 집중한다. 나와 비슷한 점이 있는 꿀벌이 그래서 좋다.

나는 매번 연밭을 빙빙 돌다가 다시 역주행도 하며 사진 주제를 찾는다. 그래야 숨어있는 주제를 찾기 때문이다. 주제를 찾았을 때의 기쁨은 어느 것에도 비교할 수 없을 만큼 울림이 크다. 하지만 같은 장소에서 매번 다른 주제를 찾기란 쉬운 게 아니다.

오랜만에 C 작가님과 관곡지에서 아침 6시에 만났다. C 작가님은 전직 고등학교 교감으로 정년퇴임하신 분이다. 카메라에 관해서도 많이 연구를 하시며 직접 부속품을 구입해 조립도 하신다. 또한 전 현직 교사를 상대로 사진교육을 열정적으로 하신다. 그런데 코로나 전염병 때문에 화상강의로 대신한다고 했다.

해가 중천에 떠오르면서 기온이 급상승했다. 카메라를 가방에 넣고 C 작가님과 가까운 카페로 들어갔다. 그곳에서 사진과 관련한 유익한 얘기를 주고받았다. 만나면 기분이 좋아지는 분이 바로 C 작가님이다. 카페에서도 거리 두기는 마찬가지였다. 사람과 사람의 관계를 더 멀게 하는 악질적인 코로나 전염병이 사라지고 답답한 마스크를 벗는 날이 언제쯤 찾아올까?

관곡지의 여름은 깊어 가는데

아침부터 관곡지 관리 책임자가 화가 많이 났다. 그럴 줄 알았다. 해가 떠오르기 전에 새로 깔아놓은 잔디밭에 여러 명이 진을 치고 앉아 연꽃을 찍고 있었다. 풀어놓은 장비도 많았다. 해가 떠오르는 방향으로 카메라를 고정시켜놓고 왔다 갔다 한다. 연꽃 위로 떠오르는 해를 찍으려는 것을 쉽게 알 수가 있었다. 사람들이 그리로 몰려들다 보니 잔디가 성할 리 없다.

그리고 다음 날 아침 관리 책임자가 그 현장을 보고 난 후 화가 난 것이다. 잔디를 새로 사다가 심어야 한다고 했다. 그분은 부지런하고 연밭 관리를 잘 하는 분이다. 웬만하면 화내는 법이 없는 분인데 그날만큼은 달랐다. 파란 잔디가 하얗게 죽은 그곳에 빨간 줄을 쳐놓았다. 죽은 잔디밭 앞에는 유난히 연꽃이 많이 올라와 있었다.

허리까지 빠지는 연밭에서 아주머니 다섯 분이 연꽃 외의 잡초를 뽑고 있었다. 그런 풍경을 볼 때 사진을 찍고 싶은 충동을 느끼는 것은 누구나 있을 수 있다. 하지만 허락 없이 찍어서는 안 된다. 결국 사달이 났다. 아주머니 한 분이 사진을 찍지 말라고 소리쳤다. 그럼에도 불구하고 사진을 찍다가 아주머니를 화나게 한 것이다.

그 옆에 있던 나에게도 화살이 날아왔다. 한 사람의 잘못 때문이다. 나는 아주머니를 찍은 사람에게 다가가 작은 소리로 얘기했다. "사람을 찍을 때 사전에 허락을 받지 않으면 찍었어도 쓸 수가 없으며 초상권 침해로 복잡해질 수도 있습니다"라고 말한 후 다른 곳으로 이동을 했다. 그러나 내 키보다 더 큰 삼각대에 카메라를 고정시킨 그 사람은 아무 반응이 없었다.

화려하게 피어났던 연꽃이 여기저기 떨어져 볼품없이 죽어갔다. 그런 풍경을 볼 때 왠지 마음이 울적해진다. 사람도 연꽃과 별반 다를 게 없다. 부귀영화도 영원함은 없기 때문이다. 관곡지의 여름은 깊어만 가고 색색의 연꽃은 하루가 다르게 쑥쑥 올라오고 있다.

볼수록 신기한 떨어진 연꽃잎

아무리 생각해도 참으로 신기하다. 하얀 연꽃잎이 세 잎씩, 세 잎씩 일정한 간격으로 떨어져 있다. 관곡지 연꽃을 10여 년째 찍어도 그런 풍경은 처음이다. 하도 신기해서 일하는 사람을 불러 함께 보았다. 도무지 알 수 없다는 눈치다. 그곳은 허벅지까지 빠지는 진흙탕이라고 했다. 논두렁에서 5미터 정도 거리여서 사진 찍는 사람들이 연출을 할 수도 없다. 볼수록 신기한 현상이다.

휴대폰을 분실하고서야

올해의 연꽃도 앞으로 7일이면 끝날 거라는 연밭 주인의 말을 듣고 오후 5시경 관곡지로 달려갔다. 카메라를 든 사람들보다 휴대폰으로 사진을 찍는 사람들이 더 많은 것 같았다. 올해 연꽃은 지난해만 못하다는 것을 쉽게 알 수가 있다. 사진을 찍는 나도 답답한데 연밭 주인은 얼마나 답답하면 아침저녁으로 몇 번씩 연밭을 서성일까.

날이 어두워서야 원두막에 앉았다 아는 분을 만나서 이런저런 얘기를 하다가 휴대폰을 놓고 온 것이다. 그곳으로 헐떡거리며 뛰었다. 300여 m를 최대의 속도로 뛰어간 것이다. 그런데 아무리 두리번거려도 휴대폰은 없었다.

귀가해서 잃어버린 전화로 몇 번 전화를 해도 신호는 가는데 받지 않았다. 그리고 1시간여 지난 후 전화가 왔다. 전화를 무음으로 해놔서 전화를 주운 사람이 받지 못했다고 하면서 친절하게 주소와 전화번호를 알려 주었다. 그렇게 반가울 수가 없었다. 다행히 휴대폰을 주운 분의 자택이 관곡지 근처였다. 감사하다는 말이 절로 나왔다.

수년 전에도 관곡지에서 사진을 찍다가 잃어버린 후 되돌려 받거나 찾지 못해 얼마나 애를 먹었는지 모른다. 요즘은 모든 메모나 전화번호, 일상의 필요한 것들이 휴대폰에 저장되어 있기 때문에 분실을 하면 여간 불편한 게 아니다. 분실 경험이 있으면서 전화번호나 중요한 것들을 따로 저장해 놓지 못한 게 휴대폰을 잃어버리고서야 후회를 했다.

세상에는 고마운 사람들이 많다는 것을 새삼 알 수가 있었다. 감사의 마음으로 책 몇 권을 드리려고 봉투에 넣었다. 그런 사람들은 큰 축복을 받을 거라는 생각을 하게 되었다. 잃어버린 휴대폰을 다시 찾게 되니 마음이 그렇게 홀가분할 수가 없었다. '소 잃고 외양간 고친다'는 속담이 내게 딱 맞는 말이다.

백련 앞에 서면

백련 앞에 서면 눈부시도록 하얀 꽃잎이 천사를 닮은 것 같아 어떻게 사진을 찍어야 할지 망설이게 된다. 오랜 세월 그토록 사진을 많이 찍어왔어도 백련 앞에 서면 한 걸음 물러서고 싶은 그 마음을 도무지 알 수가 없다.

백련에서 천사를 보다 보면 나도 천사가 된 듯 착각을 하게 된다. 새하얀 연꽃잎이 파란 연잎에 떨어져 잠이 들었다. 유난히 백련을 좋아했던 친구에게 사진이나마 보내주고 싶은 날이다.

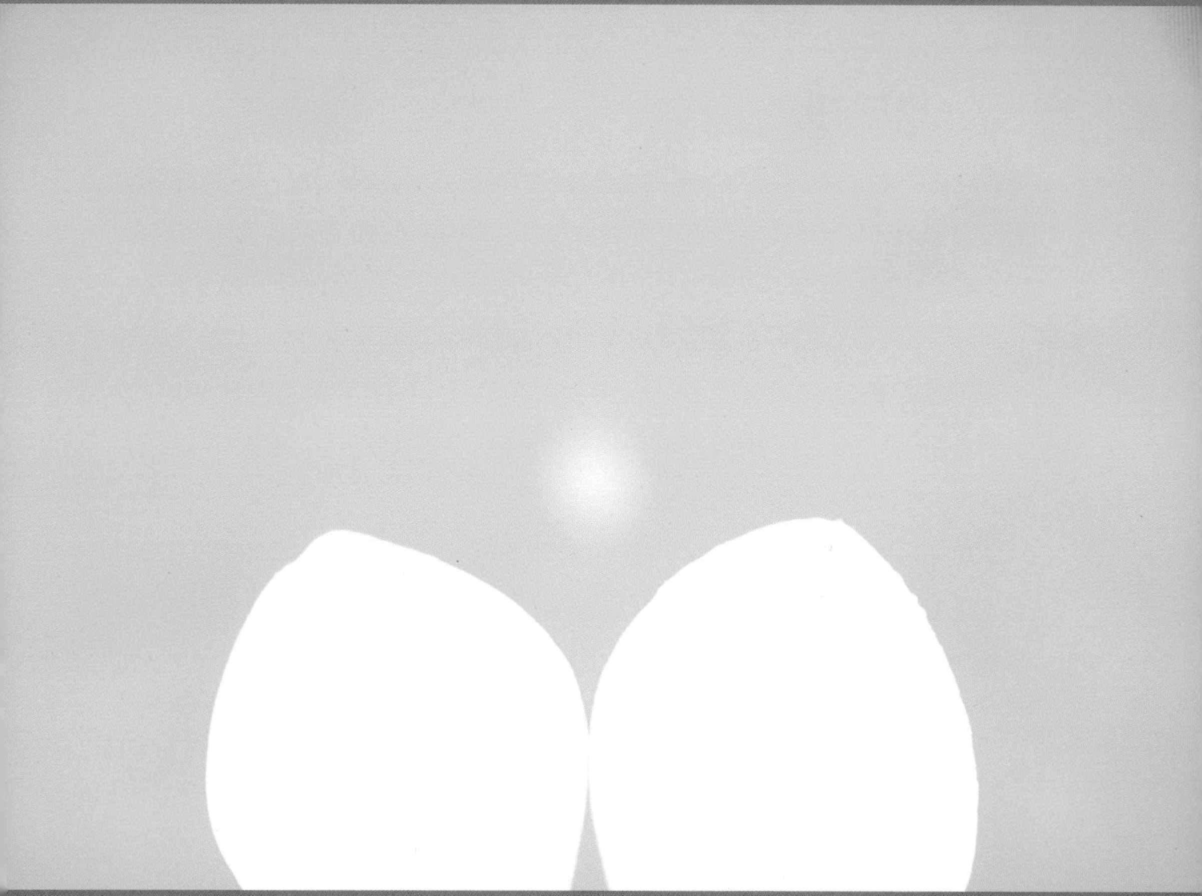

뱀 조심

연꽃을 찍으려고 논두렁 위를 걷다가 깜짝 놀랐다. 널빤지 위에 뱀이 똬리를 틀고 혀를 날름거리고 있었다. 가끔씩 뱀을 본 적은 있으나 그렇게 큰 뱀은 처음 보는 것이었다. 장화를 신고 있어서 다행이었다. 그런데 한 여자가 어린아이를 데리고 뱀이 날름거리고 있는 곳으로 다가오는 것이었다.

그 논두렁은 풀이 우거지고 미끄러워 아이를 데리고 다니기에는 불안한 길이다. 그럼에도 불구하고 연꽃을 더 가깝게 보려고 논두렁으로 다니는 사람들이 많다. 물론 사진을 찍는 사람들이야 그럴 수도 있겠지만 아이를 데리고 풀이 우거진 좁은 논두렁을 다니는 것은 이해할 수가 없었다. "뱀이 있으니 오지 마세요!"

그 여자는 못 들었는지 뱀 가까이 와서야 깜짝 놀라는 기색이 역력했다. 허겁지겁 아이의 손을 잡고 되돌아가다가 그만 아이의 한쪽 신발이 개울로 빠졌다. 몹시 당황하는 것 같았다. 게다가 여자는 스커트를 입고 구두를 신었으니 이러지도 저러지도 못하는 처지였다. 나는 개울가로 내려가 아이의 신발을 들고 올라와 건네주었다. 신발을 받아들고 당황해 뒤돌아가는 그녀의 모습이 측은하게 다가왔다.

비 오는 날 오후 관곡지에서

빗방울이 창문을 때렸다. 곧바로 카메라 가방을 챙겨 관곡지로 향했다. 비 오는 날의 관곡지 연밭이 좋아서다. 우산만 한 연잎에 떨어지는 빗방울 소리와 연잎에서 굴러 물 바닥에 떨어지는 그 소리를 듣기 위해 달려간 것이다. 쏟아지는 빗줄기에도 불구하고 사람들이 몰려와 20여 분 거리에 주차한 후 걸어갔다.

나는 한적한 연밭의 외곽을 돌며 걸었다. 물론 장화를 신고 온 탓에 숲이 우거진 논길을 걸을 수가 있었다. 비 내리는 검푸른 녹색의 들판이 참 좋았다. 야생오리들이 내 발자국 소리에 놀라 후드득 날아갔다. 비를 맞은 연꽃 색이 더욱 곱게 물들었다.,

오로지 사진가로 살아오면서 겪은 아픔과 좌절을 극복해 낸 지난 세월이 떠올랐다. 사진가의 삶을 중도 포기했다면 지금의 내 모습은 어떨까? 단 한마디로 "이 세상에 없다"였다. 사진을 시작하고부터 잃은 것도 많았다. 죽음을 경험하기도 했다. 하지만 인간에게 가장 중요한 '정신 건강', '육체의 건강'을 선물 받았다. '하늘은 열심히 노력하며 준비하는 사람을 절대로 버리지 않는다'는 소중한 공부도 했다.

사진가로서의 꿈이 있다. '마음이 병든 사람', '상처 깊은 사람', '외롭고 고독한 사람'들이 내 사진을 보고 치유될 수 있는 사진을 이 세상 다하는 날까지 찍는 것이다.

퍼붓는 빗줄기 속에서

장맛비처럼 퍼붓는 빗줄기 속에서 우산을 쓰고 연꽃을 찍었다. 강한 빗줄기는 우산과 연잎을 거세게 때렸다. 탱탱한 우산에 떨어지는 빗소리와 연잎에 떨어지는 그 소리는 귀를 의심할 만큼 한편의 명화 주제곡과도 같았다. 우산은 들었지만 빗줄기는 사정없이 옷을 적셨다. 되도록 카메라만큼은 빗줄기를 피해보려고 가슴 앞으로 바짝 들었다.

왼손에는 우산을, 오른손에는 카메라를 들고 최대한 자세를 낮추고 셔터를 눌렀다. 두꺼운 뱃가죽이 눌리면서 숨이 찼다. 셔터 소리는 빗소리를 뚫고 경쾌하게 퍼져나갔다. 연꽃에 방울방울 맺힌 빗방울이 영롱하게 달라붙어있다. 허리를 펴고 숨을 크게 내쉬기를 반복하면서 셔터를 눌렀다. K 작가는 장승처럼 우뚝 서서 이상한 눈초리로 바라보고 있었다.

우산을 받쳐 들고 쭈그리고 앉아 사진을 찍는 데는 그럴만한 이유가 있기 때문이다. 그런 날은 상상할 수 없을 만큼 울림이 큰 기쁨이 있어서다. 그 기쁨은 오직 선택받은 사진가에게 주어진 축복이다. 그래서 사진가는 자연과 교감하는 능력을 쌓아야 한다.

하지만 사진가의 삶은 겉으로 보기는 좋아도 경제적 어려움은 물론 고단하며 지독한 고독으로 몸부림치는 날이 다반사다. 특히 물질의 유혹을 떨쳐버리지 못하기 때문에 도중에 사진가의 길을 포기하는 사람들이 부지기수다. 애당초 물질을 생각했다면 카메라를 들지 말아야 한다. 사진가의 길은 비단길이 아니다.

그러나 물질의 기쁨과 권력의 기쁨보다 더 위대한 기쁨이 바로 자연과 교감하며 사진을 찍을 때 그 순간이다. 그런 기쁨이 있기에 사진가의 삶을 지탱할 수 있는 것이다.

관곡지는 연꽃 세상

요즘 관곡지는 연꽃 세상이다. 지난 일요일은 연꽃 구경을 온 사람들과 사진 찍는 사람들이 뒤엉켜 사람 수가 꽃보다 더 많아 보였다. 연꽃이 지난해보다는 부실하지만 연잎과 꽃은 진흙 속에서 힘차게 하늘을 향해 올라오고 있다. 고추잠자리도 부쩍 많아졌다. 낮게 날아다니던 고추잠자리가 하늘 높이 날기 시작하면 가을이 다가왔다는 신호다. 연꽃 위를 나는 고추잠자리를 대칭해서 찍어보려고 했으나 헛수고만 했다. 고추잠자리도 연꽃을 좋아하는 것일까?

비가 주룩주룩 쏟아지는 아침에

비가 주룩주룩 쏟아지는 이른 아침, 우산을 쓰고 수련을 찍다가 강한 회오리바람이 불어와 우산을 날려 보냈다. 하필이면 그곳은 물이 깊은 곳이기 때문에 장화를 신고 들어가는 것조차 불가능했다. 또다시 바람이 불어와 우산이 떠밀려오기를 기다렸다. 우산이 없으면 사진을 찍을 수가 없을 만큼 비가 쏟아졌다.

그런데 사람 키보다 더 큰 삼각대를 들고 오면서 내 이름을 부르는 것이었다. 인천사진작가협회의 H 작가였다. 반가웠다. 삼각대를 빌려서 한 발자국 물에 들어가 우산을 잡아당기려고 했으나 조금 짧았다. 삼각대가 왜 그렇게 무거운지 몰랐다. 옆에서 대여섯 명의 여성분들이 응원하는 소리가 들려왔다. 비를 맞으며 우산은 어렵게 끌어냈는데 우산살이 2개나 부러져서 반쪽은 못쓰게 되었다.

찌그러진 우산을 쓰고 사진을 찍으려는데 응원했던 한 여성이 하필이면 내게 다가와 휴대폰으로 사진을 찍어달라는 것이었다. "조금 전에 우산을 꺼내시는 데 응원을 했잖아요." 살살 미소 지으며 사진을 찍어달라는데 어느 누구도 거부할 수 없는 그런 표정이었다. 어디서 오셨느냐고 물었더니 서울서 왔다고 했다. 단체사진 몇 컷을 찍어주었다. 폰으로 바라본 5명 모두 표정이 밝았다.

"서울 여자들은 참 영리한 데가 있어." 혼자 중얼거리며 찌그러진 우산을 쓰고 사진을 찍는 내 모습이 꼭 정신 나간 사람 같았다. 연꽃에 맺힌 동그란 빗방울이 영롱하게 빛났다. 색이 더 곱고 눈부시도록 아름다웠다. 연잎에 떨어지는 빗방울 소리를 들으며 걷는 기쁨은 관곡지에서만 느낄 수 있기에 비 쏟아지는 날 달려가는 것이다.

비 오는 날은
연꽃이 더 고운데

아침부터 비가 주룩주룩 내렸다. 사진 찍는 사람이 없어서 오히려 한적해서 좋았다. 우산을 쓰고 한참 사진을 찍고 있는데 열 대 여섯 명이 몰려왔다. 연밭으로는 자동차가 들어올 수 없는데 그 인원이 승용차에 나누어 타고 들어왔으니 용감한 사람도 참 많다.

인솔한 사람은 사진을 지도하는 위치에 있는 것 같았다. 차에서 내리자마자 비가 그치면 사진을 찍을 거라고 했다. 그 말이 끝나기 무섭게 모두 비닐 돔으로 들어갔다. 그 광경을 보면서 이상하다는 생각이 들었다. 비 오는 날 사진을 찍으러 왔으면 그 날씨에 맞는 교육을 한 후 사진을 찍게 해야 한다. 이른 새벽부터 달려온 이유가 궁금했다.

그러니까 아침 6시 30분부터 비가 내리기 시작해서 카메라를 가방에 넣고 귀가하는 9시경, 그때까지도 비가 쏟아졌다. 비가 계속 오니 많은 인원이 몇 시간을 비닐 돔 속에서 낭비한 셈이다. 비 오는 날은 연꽃 색이 더 곱다는 것을 모르는 것 같았다.

벌써 7월도 며칠 안 남았다. 피어난 연꽃도 많지만 떨어지는 연꽃도 많았다. 피면 지고 지면 피어나는 게 자연의 순리다. 세월은 그렇게 휙휙 지나가고 있다. 그 순간이 지나가면 다시는 돌아오지 않는 세월, 그래서 아름다운 그 순간을 사진 속에 담아보려고 비 오는 날 아침 관곡지로 달려가는 것이다.

죽어서도 아름다운 연꽃

관곡지의 연꽃이 하나둘 사라지더니 북적대던 사람들의 발걸음도 뜸하다. 연꽃은 살아 있을 때도 아름답지만 죽어서도 아름답다. 그런 연꽃이 좋아 관곡지 연밭에서 생명과 죽음의 관계를 찾아보려고 허구한 날 방황하고 있지만 그 답을 찾지 못하고 있다.

바람 몹시 부는 날

어제저녁에 관곡지 연꽃을 휴대폰으로만 찍는 분에게서 문자가 왔다. 비 오는 날 밤 라이트를 비추고 사진을 찍는 분들이 있어서 구경하러 갔는데 카메라를 고정시켜 놓고 사진을 찍다가 강풍이 불어와 카메라와 삼각대가 물 깊은 연밭으로 날아갔다는 문자였다. 길가의 나무 세 그루도 뿌리째 뽑혔다고 했다.

밤새도록 바람이 강하게 불었다. 아침에도 그 바람은 멈추지 않았다. 계속되는 사진 작업으로 지쳐있는 몸을 하루쯤 쉬게 하려고 했다. 그러나 지난밤 강풍이 불어와 관곡지 연꽃이 궁금해 결국 그곳으로 달려갔다. 연잎이 바람 부는 방향으로 쓰러져 몹시 흔들렸다. 큰 연꽃 송이들도 모두 꺾어질 듯 아슬아슬하게 바람을 타고 있었다.

다음 주 월요일 서울의 S 작가님께서 제자 4명과 함께 관곡지 연꽃을 보러 오신다고 했다. 그런데 강풍이 불어와 행여나 연꽃을 모두 절단 내지 않았을까 걱정이 되었는데 다행히 일부 연꽃이 바람에 부러진 것도 있었으나 대부분 멀쩡했다. 참 신기한 것은 매일 연꽃을 찍으러 가는 데 갈 때마다 색이 다르고 모양이 달랐다.

연잎과 연꽃 모두 강한 바람을 타고 신명나게 춤을 추고 있었다. 나도 카메라를 들고 연꽃의 율동에 맞춰 춤을 추었다. 신명나는 춤이었다. 비 오는 날이나 바람 부는 날이나 연꽃은 변함없이 그 자리를 지키고 있었다.

꿀벌이 날아오는 관곡지

꿀벌 보기가 어려운 세상에 관곡지 연꽃에는 그나마 벌이 날아와 꿀을 딴다. 그런데 폭염 탓인지 예년에 비해 벌의 수가 적다. 연꽃도 한낮에는 더위에 지친 듯 늘어져있다. 꽃도 피어난 지 며칠 안 돼서 시들어 떨어지고 있다. 폭염에는 사람이나 꽃이나 힘들어하는 것은 마찬가지라고 생각했다.

거미의 수가 줄어들더니 벌마저 그 수가 줄어드는 것을 알 수가 있다. 곤충이 살 수 없을 때 사람 또한 살기 힘들다. 관곡지 연밭에 날아오는 벌과 곤충들을 귀찮게 하거나 해로운 짓을 하지 말아야 한다. 꿀벌을 가까이서 볼 수 있다는 것을 감사하게 생각하며 사진을 찍고 있다.

하늘 좋은 날은

밤새도록 몰아치던 비바람이 아침에는 다소 약해졌다. 연밭에는 핀 연꽃보다 떨어진 연꽃이 더 많은 것 같았다. 지난밤에 강풍 탓도 있겠지만 연꽃도 떠날 때가 된 듯하다. 먹구름이 서서히 밀려가더니 파란 하늘이 속살을 드러내기 시작했다. 그럴 때는 하늘이 먼저다. 그러니까 하늘이 주제요 연꽃이 부제인 셈이다. 그런 사진을 찍을 때는 자세를 땅바닥에 닿을 만큼 낮춰야 하는 데 여간 힘든 게 아니다.

가금씩 반바지나 치마를 입고 게다가 샌들을 신고 사진을 찍으러 오는 여성들을 종종 보게 된다. 그런 여성을 만났을 때 걱정이 되어 "뱀이 자주 나타나며 진드기가 위험합니다. 특히 진드기에 물리면 생명에 위험이 될 수도 있습니다"라고 말해 주어도 놀라는 기색 없이 카메라를 들고 당당하게 걸어간다. "너나 조심해!"라는 뉘앙스를 풍기는 것 같았다.

사람이 많이 몰려와 관곡지의 외각인 호조벌로 향했다. 엊그제 모심기를 한 것 같은데 벼 이삭이 세상구경을 하려고 준비 중인 것 같다. 넓은 녹색 들판은 바라만 보아도 좋았다. 그런데 한 사람이 땅에 가까이 접근해서 열심히 사진을 찍고 있었다. 반가워서 어디서 오셨느냐고 물었더니 부천에서 왔다고 했다. 너무 열심히 사진을 찍는 것 같아 더 이상 묻지 않았다. 접사렌즈로 나비를 찍는 것 같았다.

발길을 옮기려는 데 느닷없이 "어제같이 바람 부는 날 좋은 사진을 찍을 수 있습니다" 그러니까 어제 관곡지에서 사진을 찍었다는 얘기다. 사진을 아는 사람이었다. 그 사람은 땅을 향해, 나는 하늘을 향해 서로 다른 사진을 찍은 셈이다. 어떻게 찍었는지 궁금했다.

2부

매일 새벽 깜깜한 밤에

그늘막을 디자인하다

강렬한 빛을 차단해 주는 관곡지 그늘막도 어떻게 보고 생각하느냐에 따라서 좋은 사진이 될 수 있다. 그래서 사물을 관찰하는 습관이 필요하다. 하찮은 것일지라도 어떻게 구성할 것인가를 먼저 고민해야 한다. 관곡지에는 연꽃만 있는 게 아니다.

사진의 주제로 거들떠보지도 않는 그늘막이 그럴듯한 사진이 되는 것처럼 숨어있는 수많은 사진 주제를 찾아낼 수 있는 현장 교육이 무엇보다 중요하다.

폭우 쏟아지는 날

폭우로 인해 시야가 흐릿해 와이퍼를 최대한 빨리 작동하도록 했다. 소래대교 지나 좌회전 깜빡이를 켜고 시속 40여 km로 달리는데 갑자기 버스가 달리면서 움푹 팬 도로에 고였던 빗물로 내 차를 덮었다. 앞이 캄캄해 아무것도 보이지 않았다. 그렇다고 해서 브레이크를 밟으면 연쇄 추돌사고가 날 것 같았다. 끔찍한 순간이었다. 다행히 좌회전 신호등이 시야에 들어왔다.

관곡지에도 빗줄기가 거세게 퍼부었다. 그 빗속에서도 연잎을 채취하고 있었다. 연잎을 채취하는 것은 연꽃의 절정기가 지났다는 신호다. 폭우로 인해 활짝 핀 연꽃들이 꽃잎을 늘어뜨리고 있다. 머리를 풀어헤친 여인과도 같다는 생각이 떠올랐다. 하지만 연분홍 연잎에 방울방울 맺힌 물방울이 영롱하게 빛나 더욱 아름다웠다.

연잎과 우산에 떨어지는 빗방울 소리가 소북을 치는 것 같았다. 비 오는 날의 관곡지는 야외공연장이 된듯하다. 그 넓은 관곡지 야외공연장에는 관객이라고는 하얀 왜가리 한 마리와 나뿐이었다. 왜가리는 먹이를 향해 두 눈을 고정시키고 있었으며 나는 수련을 찍기 위해 카메라 셔터를 누를 뿐이었다. 다행히 바람은 불지 않았다. 그래도 하체는 비에 흠뻑 젖었다.

빗줄기가 더욱 거세져 비를 피해 비닐 돔으로 들어갔다. 그곳에는 느린 엽서가 놓여있고 빨간 우체통도 있었다. 엽서에 글을 써서 우체통에 넣으면 1년 후에 그 엽서를 받아볼 수 있다고 쓰여 있다. 아이디어가 참 재미있다. 하지만 정말 1년 후에 엽서를 받아볼 수 있을까? 망설이다가 결국 쓰지 못했다. 내용은 이렇게 쓰려고 했다. "비 쏟아지는 날 아침 관곡지에서 홀로 연꽃을 찍으며, 2020.7.29일 아침 7시."

애완견은
목줄을 꼭

연꽃이 불교의 상징이라고는 하지만 종교와는 관계없이 많은 사람들의 사랑을 받는 꽃이라는 것을 관곡지에서 느끼게 된다. 연꽃이 피어나는 수는 줄어드는 데 연꽃을 보러 오는 사람은 더 많은 것 같다. 특히 연꽃 가까이에서 사진을 찍으려는 여성들이 많은 것을 보면 연꽃처럼 예쁘게 찍히고 싶은 게 여성들의 마음인 것 같다.

관곡지에는 야생오리와 쇠물닭이 살아가는 보금자리다. 사람이 다니는 길을 아장아장 걸어 다니기도 하고 길가에서 잠을 자기도 한다. 관곡지에서만 볼 수 있는 귀한 풍경이다. 그런데 강아지를 끌고 오는 사람들이 종종 있다. 관곡지에서 강아지를 풀어놓고 다니는 것은 야생 동물을 쫓아버리는 것이다.

강아지가 오리들을 보는 순간 짖어대거나 쫓아간다. 오리가 놀라서 날아가는 것은 당연하다. 연밭에 강아지를 끌고 오되 절대로 풀어놓아서는 안된다. 또한 연꽃이나 연밥을 꺾어가는 것은 모두 아이들이 아닌 어른들이다. 오죽하면 연 농사짓는 분이 연밭 중간중간에 연꽃이나 연밥을 꺾어 가면 '형사고발'을 할 수도 있다는 문구를 걸어놓았을까. 범죄 중에서 농작물 절도는 그 형이 무겁다고 한다.

연꽃은 눈으로 보는 것이지 꺾어가라는 것이 아니다. 연꽃을 보러 오는 사람과 사진을 찍으러 오는 사람 모두 내 집 정원에 핀 꽃이라고 생각하는 성숙된 의식이 필요하다.

관곡지는
카메라 전시장

관곡지에 연꽃이 필 때면 꼭 카메라 전시장에 와있는 듯 착각을 하게 된다. 전국에서 몰려온 사진인들의 카메라가 다양하기 때문이다. 생전에 보지도 못한 카메라로 사진을 찍는 사람들이 많아 궁금한 게 한두 가지가 아니다. 가까이 다가가서 그런 카메라로 어떻게 찍었는지 궁금하지만 선 듯 보여 달라는 말을 할 수가 없다.

그중에서도 옛날 사진관에서 사용했던 카메라와 같은 것을 우악스럽게 생긴 삼각대에 받쳐 놓고 사진을 찍는 사람 앞으로 다가갔다. 이리 보고 저리 보아도 신기하다. 직접 조립했다고 했다. 그 무겁고 큰 것을 어떻게 들고 왔는지도 궁금했다. 찍은 사진을 선뜻 보여주었다. 그러나 사진이 특별한 것 같지는 않았다.

연꽃이 핀 것과 떨어진 것이 역전되었다. 연꽃이 서서히 떠나는 것이다. 떠날 때 미련 없이 떠나는 연꽃에게 물어보고 싶은 것도 많다. 카메라를 든 사람들도 부쩍 줄었다. 하지만 나는 연꽃이 모두 말라서 볼품이 없을 때까지 관곡지로 달려가야 한다. 그러길 벌써 10년째다. '생명 연에서 찾다'를 주제로 연꽃을 찍었어도 아직까지 애당초의 약속을 지키지 못하고 있기 때문이다.

나를 다시 본다

드넓은 연밭이 한눈에 내려다보이는 나무 의자에 빗물이 덜 젖은 한쪽에 쭈그리고 앉았다. 연잎에 빗방울이 쏟아져 북을 치는 것 같았다. 호조벌이 펼쳐진 길 위에는 비를 맞으며 뛰어가는 사람, 자전거를 타고 달리는 사람, 우산을 쓰고 혼자, 또는 둘이 걷는 사람 모두가 앞으로만 달리고 있다. 나도 그 무리 속에서 카메라를 들고 있을 뿐이다.

연꽃은 어디론가 하나 둘 떠나고 있다. 지난해 이맘때 아침마다 연밭에서 반갑게 만났던 이름 모를 그 사람은 볼 수가 없다. 구름처럼 모여들던 사람들도 그 수가 부쩍 줄었다. 철새들도 연꽃이 떠나고 나면 어디론가 날아가겠지.

그칠 줄 모르고 내리는 빗속에 젖은 의자에 앉아 나를 다시 본다. 나는 언제까지 카메라를 들고 관곡지를 서성거려야 할까?

떨어져 죽어서도 아름다운 연꽃

올해는 장마가 길다. 그러다 보니 연꽃도 빨리 떨어지는 것 같다. 가뜩이나 조석으로 온도차가 심해 연꽃이 피어나지 못했는데 긴 장마마저 연꽃을 괴롭히고 있는 것이다. 이래저래 연 농사를 하는 주인의 마음을 불편하게 한다. "올해 연 농사는 흉작이예요"라는 농부의 그 말이 자꾸 떠올라 휘젓고 다니며 사진 찍기도 미안하다.

사진을 찍는 사람들도 연꽃이 떨어져 부실하다는 것을 어떻게 아는지 확 줄었다. 비 쏟아지는 날은 더 한가하다. 하지만 나는 오히려 그런 때가 더 좋다.

모든 생명체들은 때가 되면 죽게 마련이다. 생명은 영원하지 않다는 것을 관곡지 연밭에서 공부한다. 하지만 떨어져 죽어서도 아름다운 게 연꽃이다. 연꽃은 화려하거나 교만하지 않으며 소박하게 다가와 볼수록 내 마음을 사로잡는다. 살아서도 죽어서도 아름다운 연꽃, 그 속에서 생명의 신비를 찾고 있다.

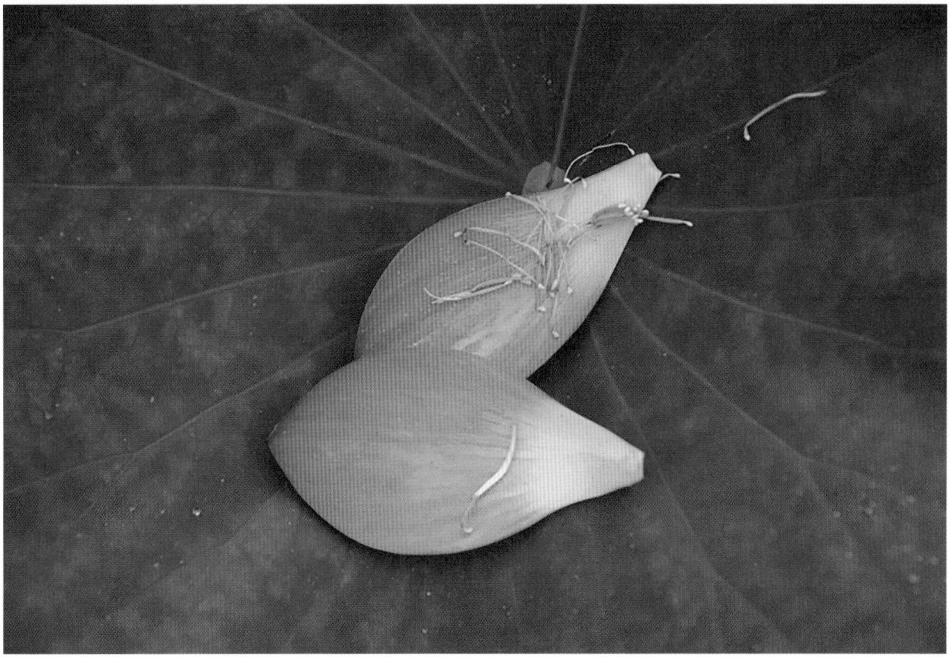

노랑어리
연꽃

연꽃 중에서도 제일 작은 어리연꽃, 물 표면에 피어나는 수련이다. 자세히 들여다보니 작지만 예쁜 꽃이다. 키가 크고 꽃이 큰 연꽃들은 지난밤 폭우를 견뎌내지 못하고 고개를 숙이고 있는데 물 위에 하늘하늘 피어나 폭우를 견뎌낸 그 힘은 어디서 생겨난 것일까? 떨어진 연꽃이 더 많은 관곡지는 뿌연 하늘만큼이나 칙칙하다.

연꽃이 있어야 할 자리에 연잎만 무성하다. 그 위를 날아다니는 고추잠자리 수가 부쩍 많아졌다. 물 위로 고개를 내민 어리연꽃이 살랑 바람에 춤을 추며 여기저기서 인사를 한다. 연꽃이 한창일 때는 거들떠보지도 않았던 꽃이었다.

뻔질나게 드나들며 사진을 찍었어도 꽃 이름조차 몰라 열심히 사진 찍는 분에게 염치 불구하고 물어 그때서야 알게 된 노랑어리연꽃, 아무리 말 못 하는 꽃이라고 해도 멍청한 놈이라고 하는 것 같아 더 이상 그 자리에 머물 수가 없었다.

하늘이 구멍 났나

올해는 유난히 비 오는 날이 길고 폭우 쏟아지는 게 다반사다. 날씨가 멀쩡하다가도 갑자기 돌풍이 비를 몰고 와 퍼붓는다. 조석으로는 기온이 차갑고 한낮에는 무덥다.

올해 관곡지의 연꽃은 수난의 해다. 연꽃의 생명마저 짧아졌다. 폭우와 가랑비가 반복해서 내리며 연꽃을 못살게 해서다. 지혜로운 연잎은 오목한 잎에 물이 어느 정도 고이면 좌르르 쏟아낸다. 빗물이 많이 고이면 목이 부러져 죽을 수도 있기 때문에 스스로 살기 위한 몸부림이다. 그나마 다행인 것은 아직까지 관곡지는 비 피해가 없는 것 같다.

비가 쏟아지는 날에도 연꽃에서 생명의 소중함을 찾는 작업은 계속된다. 가슴을 뛰게 하는 그 작업이 언제 끝날지는 나도 모른다. 제 좋아서 하는 일은 에너지가 넘쳐난다. '행복을 물질로 채우는 데는 한계가 있지만 사진으로 행복을 찾는 것은 무한대하다.'

부활은
계속 진행 중

지난밤 밤새도록 퍼부은 폭우로 인해 하룻밤 사이에 노랑어리연이 몰살당했다. 그나마 늦게 피어났던 연꽃들도 모두 떨어져 죽거나 고개가 부러져 신음하고 있다. 연밭의 둑길도 물이 차 장화를 신어야 다닐 수 있었다. 가뜩이나 시국이 어수선하고 살아가기가 힘겨운데 왜 이렇게 물 폭탄으로 절단 내는지 하늘이 야속하기만 하다.

듬성듬성 비를 피해 숨어있는 연꽃을 찾아다녔다. 그러나 쉽게 찾을 수 없을 만큼 그 수가 줄었다. 하지만 꽃이 없으면 잎이 있으며 연밥, 연대가 있다. 모두 하나의 연으로 생각하고 사진을 찍는다. 연꽃이 사라졌다고 해서 모두 사라진 게 아니며 부활은 계속 진행 중이다.

생명의
신비로움

가을의 시작인 입추(立秋)다. 올여름은 너무 잔인하게 폭우가 빼앗아 갔다. 연약한 노랑어리연꽃도 폭우로 인해 몰살당했다. 그런 어리연꽃이 다시 살아날 거라고는 생각하지 못했다. 그런데 하루가 지난 오늘 아침, 어리연꽃이 다시 고개를 내밀고 있다. 죽음을 다시 새로운 생명으로 탄생시키는 순간이다. 그 어리연꽃에서 생명의 신비로움을 느낄 수 있었다.

자연에는 엄격한 질서가 있다. 관곡지 연밭에도 그 질서는 변함없이 진행되고 있다. 죽어가는 연꽃이 많다고 해서 모두 일순간에 죽는 게 아니다. 뒤늦게 듬성듬성 피어나는 연꽃도 있다. 연꽃이 많지 않기 때문에 사진 주제를 찾기란 점점 더 어렵다. 하지만 그럴 때 더 좋은 주제가 기다리고 있다는 사실을 나는 알고 있다.

연꽃이 한창일 때는 사람들이 물밀 듯이 몰려온다. 인생살이도 마찬가지다. 그러다가 연꽃이 떨어져 그 수가 적을 때 사람들은 냉정하게 발길을 돌린다. 하지만 나는 오히려 그때가 더 좋다. 생명의 탄생과 죽음까지 자연 속에서, 특히 연(蓮)에서 그 답을 찾는 기쁨도 있기 때문이다. 이 세상에 실체적 영원함은 없다. 하지만 보이지 않는 '영혼은 영원하다'라는 그 비밀을 연에서 찾고 있는 중이다.

죽음의 경계선은 어디일까

연꽃이 떨어져 죽었다고 해서 관곡지마저 사라지는 것은 아니다. 하지만 그 자리에 있어야 할 연꽃이 하룻밤 사이에 떨어져 죽어가는 것을 볼 때마다 왠지 마음이 울적하다. 그때마다 삶과 죽음의 경계선은 어디일까를 고민하게 된다.

세월은 어떤 경우에도 멈추지 않으며 또한 그 세월을 멈추게 할 수 있는 방법은 아무것도 없다. 세월 따라왔다가 세월 따라가는 게 생명이다. 그렇다고 해서 영혼까지 죽는 것일까? 그 답을 연(蓮)에서 찾으려고 하지만 사진가로서의 한계에 부딪칠 때가 많다. 하지만 조금씩, 조금씩 생사(生死)의 수수께끼를 관곡지 연밭에서 찾아가고 있다

마스크를 안 쓰니 얼마나 좋을까

관곡지 잔디밭이 가랑비에 젖어 더욱 파란색으로 변했다. 우산을 쓰고 촉촉하게 젖은 파란 잔디밭을 걸어가는 그 순간만큼은 무거운 짐을 풀어놓은 것처럼 발걸음이 가볍다.

백련이 고개를 내밀고 세상을 바라보고 있다. 관곡지의 모든 연꽃은 마스크를 안 쓰니 얼마나 좋을까. 그 연꽃 앞에서 인간이 작은 미생물보다 못하다는 것을 느끼게 된다. 가랑비가 굵은 빗줄기로 변하더니 탱탱한 우산과 연잎을 두드린다. 그 소리가 그렇게 좋을 수가 없다.

코로나 전염병으로 폭우로

1년 가까이 코로나 전염병으로 힘들어할 때 밤낮없이 폭우가 쏟아져 마을과 농경지를 덮쳐 많은 국민들이 시름에 빠져있다. 인명 피해도 30명이 넘었으며 수재민도 수천 명에 이른다는 보도를 보면서 마음이 아프다. 침수지역 농촌에는 할아버지 할머니들이 대부분인데 물이 찼던 집들의 가재도구들은 사용하기가 어려울 텐데 어떻게 할 것인지 걱정이 된다.

올해의 폭우는 예측하기 어려울 만큼 갑자기 퍼붓는 게 특징이다. 산사태와 강물 범람으로 마을 전체가 물속에 잠겨있는 장면을 볼 때 "아이쿠, 아이쿠 어쩌나"를 반복하게 된다. 인간이 큰소리쳐도 자연의 재앙을 막을 수는 없다. 그렇지만 미리미리 예방을 했다면 다소의 피해는 막을 수 있었을 거라는 생각이 아쉬움으로 남는다.

관곡지에도 빗물이 넘쳐 길가에는 미꾸라지 붕어들이 물길을 따라 꼬리를 저으며 다닌다. 관곡지에서 잘 먹고 살아온 투실투실한 야생 오리들도 떠날 준비를 하고 있다. 수시로 날아가는 행동을 하는 오리들이 많아진 것이다. 어디 오리들만 떠날까. 이 세상에 살아있는 모든 생명체들은 때가 되면 소리 없이 떠난다. 사람도 그중에 하나일 뿐이다.

하늘이 몹시 화가 난 모양이다. 검은 구름이 몰려오더니 갑자기 폭우를 쏟아낸다. 그럴 때 찍은 사진도 하늘처럼 무겁다. 하지만 언젠가는 파란 하늘이 희망을 안고 오리라는 기대감으로 셔터를 누른다. 비바람이 몰아쳐와 더 이상 사진을 못 찍게 했다. 비가 너무 잔인하게 쏟아졌다. 그런 날은 시커먼 하늘만큼이나 내 마음도 울적하다.

매일 새벽
깜깜한 밤에

반달이 연꽃 위에 떠있는 새벽이다. "매일 새벽부터 무얼 찍어요?" 이 깜깜한 밤에 카메라 하나 달랑 들고 어떻게 사진을 찍느냐는 눈치였다. 관곡지에서 연 농사를 짓는 분의 물음이다. 마침 휴대폰에 저장해둔 사진을 보여주었다. 그리고 즉석에서 찍어 보여주기도 했다.

"내가 생각했던 사진과는 너무 다르네요?" 잘 찍었다는 말인지 못 찍었다는 말인지 알 수가 없었다. 하지만 어느 정도 궁금증을 풀어준 것 같아 마음이 홀가분했다. 행여나 사진 찍는 사람을 할 일 없는 사람으로 이해할 수도 있다는 생각이 들어 "사진 찍는 것도 무척 고단합니다. 단 한 번에 좋은 사진 만들기가 어려워 이렇게 매일 새벽부터 달려오는 것입니다." 농부는 그 말을 듣고 빙그레 웃었다.

연 농사는 꽤나 힘든 노동이다. 연잎, 연꽃, 연밥 따는 것과 연뿌리 캐는 것 모두 허벅지까지 빠지는 진흙탕에서 직접 채취하기 때문에 여간 힘든 작업이 아니다. 외국인 근로자들이 모두 그 일을 하는데 이곳에도 임금 걱정이다. 외국인 근로자들도 내국인과 똑같이 인상된 임금을 지불해야 하기 때문에 내년에는 연 농사짓기가 힘들 거라고 했다. 사진 찍는 나도 은근히 걱정이 된다.

재미와 가치의 차이

골프를 삼시 세끼 밥 먹듯이 좋아하는 고향의 후배가 사진이 얼마나 재미가 있으면 매일 아침 같은 장소로 사진을 찍으러 가는지 궁금하다고 했다. 그 말에, 자네가 그토록 골프를 좋아하는 것은 재미로 하는 것이지만 내가 미친 듯이 사진을 찍는 것은 가치가 있기 때문이라고 했다. 그러니까 재미와 가치는 차원이 다르다는 얘기다.

정신 나간 사람이 아니고서는 매일 아침마다 같은 장소로 사진을 찍으러 간다는 것은 이해하기 어렵다. 그렇다고 해서 사진이 셔터만 누르면 뚝딱 좋은 사진이 만들어지는 것도 아니다. 하루 사진을 찍으면 쉬지 않고 정리를 한다 해도 꼬박 이삼 일이 걸린다. 그 사진을 선별해 주제별로 컴퓨터와 외장 하드에 저장을 해야 끝나는 것이다.

사진을 찍는 것도 힘들고 찍은 사진을 정리하는 것 또한 힘겹다. 직장인이나 경영자가 매일 아침 출근하는 것처럼 나는 매일 아침 사진을 찍으러 가는 것이 다를 뿐이다. 무슨 일이든지 미쳐야 꿈을 이룰 수 있다는 것은 지극히 상식적인 얘기다.

휴대폰을 주워서 돌려주었는데

태풍이 남쪽 지방에서 소멸되었다는 뉴스에 다소 안심이 되었다. 어제와 밤사이에 소강상태를 보이던 빗줄기가 아침이 되니 다시 퍼붓기 시작했다. 그래도 관곡지로 가야 했다. 어제 느꼈던 사진을 찍지 못했기 때문에 다시 그 느낌을 찾아 찍어야 하기 때문이다.

비가 퍼부어 사진 찍는 것을 멈추고 원두막으로 향했다. 원두막에는 사진을 찍지 않는 부부가 앉아 있다가 자리를 뜨면서 휴대폰을 놓고 간 것이다. 얼마 후 한 남자가 달려와 대뜸 휴대폰 주웠느냐고 물었다. 나는 주운 빨간 휴대폰을 건네주면서 확인해 보라고 했다.

휴대폰을 받아든 그 남자는 고맙다는 단 한마디 말도 없이 허겁지겁 돌아가는 것이었다. 하지만 왠지 씁쓸했다. 감사하다는 말 한마디 하기가 그렇게 어려울까.

마음이 울적한 날은

마음이 울적한 날은 사진도 내 마음을 따라온다. 살다 보면 평생을 평안하게만 사는 사람이 얼마나 될까? 싫어도, 좋아도, 힘들어도, 울적해도 모두를 삭이며 사는 게 보통 사람들의 삶이다. 그렇지만 그 속에는 말 못 할 괴로움도 있다. 나는 그럴 때마다 오직 사진으로 풀려고 애를 쓴다. 사진 외에는 하소연할 때가 없기 때문이다.

가끔씩 지나온 삶을 후회할 때도 있다. 하지만 내게 주어진 삶이라고 생각하며 오직 사진가로서 변함없이 걸어가고 있다. 물론 과분하게 많은 영광과 찬사를 받은 것도 사실이다. 큰일도 많이 했다. 그럴 때마다 제 잘나서 당연한 결과라고 겸손하지 못했던 지난날이 부끄럽다.

39일째 아침마다 관곡지로 사진을 찍으러 가다가 오늘 아침은 안 갔다. 가기가 싫어서였다. 그러나 관곡지 연밭이 희망과 생명의 가치를 알려준 감사한 곳이다. 사진가가 위로받을 수 있는 것은 오직 자연뿐이다. 그 자연마저 싫어질까 두렵다.

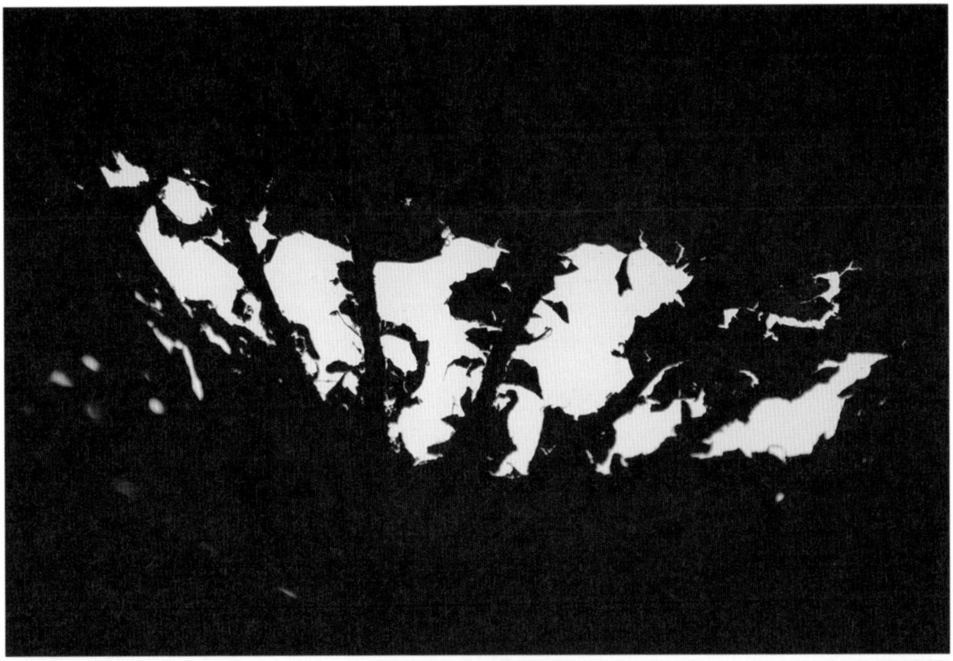

연꽃이 떨어진다고 해서

연꽃이 떨어진다고 해서 모두 똑같이 사라지는 게 아니다. 늦게 피어나는 꽃도 있으며 숨어있는 꽃도 있다. 그 수가 적어서 주제가 될 만한 것을 찾아내기가 어려울 뿐이다. 이리저리 연밭을 돌며 살아있는 꽃과 죽어있는 꽃이 무엇이 다른지를 생각했다. 그런데 노랑어리연꽃은 모두 어디로 간 것일까? 전멸한 것일까? 날씨가 더워서 물속으로 들어간 것일까?

원두막에 앉아 노을을 기다렸다. 바로 옆 원두막에는 대여섯 명이 삼각대를 바쳐놓고 따르륵 따르륵 기관총을 쏘고 있는 것 같았다. 렌즈도 대포 같았다. 그 대포 카메라로 참새가 연꽃에 앉아있는 것을 찍는 것 같았다. 참새 한 마리가 선 듯 모델이 되어 주기도 했다. 참새들도 사진 찍히는 것을 좋아하는가 보다.

주위가 깜깜했다. 연꽃을 구경하는 사람들도 드물었다. 연밭에 숨어있던 바람이 불어와 시원했다. 속옷은 물론 남방셔츠까지 땀에 젖은 상태였다. 가장 낮은 자세에서 사진을 찍으려니 여간 힘든 게 아니다. 그럴 때마다 아무 도움이 안 되는 뱃살이 두껍다는 것을 느끼게 된다.

일출과 일몰을 찍을 수 있는 관곡지는 더없이 좋은 촬영 장소다. 하지만 올해처럼 긴 장마에는 노을 사진 찍기가 어렵다. 연꽃은 자꾸 떨어지는 데 노을은 아직도 먼 곳에 있다. 하늘에는 철새들이 끼룩끼룩 날아다니고 있다. 깜깜한 밤에도 하늘을 날아다니는 철새가 신기하다. 관곡지에도 가을이 점점 가깝게 다가오고 있었다.

핑크색
브래지어 소동

갑자기 비가 거세게 쏟아졌다. 사진을 찍던 한 여성이 내 키보다 더 큰 삼각대를 메고 허겁지겁 원두막으로 뛰어갔다. 나도 뛰어가 원두막 한 편에 앉았다. 그 여성의 체격은 여자 격투기 선수 같았다. 카메라 장비도 내 것과는 비교가 안될 만큼 크고 많았다. 큼직한 가방을 여는 순간 이런저런 것들이 우수수 쏟아졌다. 그런데 하필이면 핑크색 브래지어가 바람에 날려 내 앞에 떨어졌다. 그 여성은 모르는 것 같았다

빗물이 원두막으로 밀려들어왔다. 고운 핑크색 브래지어가 당장 물에 잠길 것 같았다. 망설이다가 주워서 항상 지니고 다니는 코로나 소독제를 바른 후 그 여성에게 건네주었다. 그런데 감사하기는커녕 달갑지 않은 눈치였다. 그걸 왜 주었느냐고 따질 기세였다. 그곳에 앉아있다가는 봉변을 당할 것 같아 슬며시 자리에서 일어났다.

다른 곳으로 가다가 그만 우산이 수련이 핀 곳으로 날아갔다. 비를 흠뻑 맞으며 겨우 우산을 건져 쓰고 그 여자의 시선에서 멀어질 때까지 걸어갔다. 핑크색 브래지어가 빗물에 잠기려는 순간 주워서 주인에게 돌려준 것이 잘못인지는 생각하고 싶지 않았다. 그 이후로는 비가 억수같이 퍼부어 갈 곳이 없어도 여성이 앉아있는 원두막에는 절대로 가지 않았다. 그렇지만 그 여성이 찍은 사진이 궁금했다.

숨어서 세상을 바라보는 연꽃

일요일인데도 불구하고 관곡지에는 사람들이 확 줄었다. 카메라를 든 사람들도 연꽃 따라 떠났다. 장마가 끝나고 하늘에는 구름이 잔뜩 끼었으나 후덥지근하다. 고추잠자리들이 하늘 높이 날아다니고 있다. 가을 매미도 찌르륵찌르륵 울기 시작했다. 벌써 가을이 다가오고 있는 것이다. 때가 되면 계절은 어김없이 바뀌고 그 계절 따라 생명체들이 떠나고 또 온다.

귀가하다가 바위에 붙어있는 곤충을 발견하고 사진을 찍었다. 몸길이는 6cm 정도 폭은 3cm 정도 되는 생전 처음 보는 큰 곤충이었다. 그런데 어느 아주머니가 잡아가려고 했다. 그 곤충은 보호종이기 때문에 잡아가면 벌을 받을 수도 있다고 했더니 곤충을 잡아가려던 아주머니는 놀라는 듯 다른 곳으로 도망치듯 달려갔다. 나는 곤충을 다른 곳으로 날려 보냈다. 사람들이 많이 오가는 길옆이면서 곤충이 특이하게 생겨 사람들의 손에 잡혀갈까 봐서다.

연꽃이 눈에 띄게 줄었다. 하지만 숨어서 세상을 바라보는 연꽃을 찾아 사진을 찍으려니 더 많이 걷고 세세히 살펴보아야 한다. 연꽃이 한창일 때는 수련에 관심이 적었다. 그런데 연꽃의 빈자리를 끊임없이 물 위로 고개를 내미는 수련이 대신하고 있는 것이다. 관심을 갖고 바라본다면 수련이나 연꽃이나 별반 다를 게 없다는 생각을 하게 되었다.

죽는 것도
순서를 지키는 연꽃

관곡지의 연꽃도 서서히 그 모습을 감추고 있다. 하지만 관곡지에는 연꽃만 볼거리가 아니다. 다른 곳에서는 볼 수 없는 철새, 곤충, 민물조개, 우렁이, 잉어, 가물치. 미꾸라지, 붕어, 쇠물닭, 뱀, 고추잠자리, 매미, 메뚜기, 여치 등 다양한 생물이 살아가는 곳이기도 하다. 특히 비 오는 날 우산보다 더 큰 연잎에 떨어지는 빗방울 소리도 참 좋다.

어리연을 모르다가 며칠 전 알고부터 관심을 갖고 사진을 찍다 보니 하나 둘 새로운 사실을 알게 되었다. 어리연은 아침에 피었다가 해가 떠오르면 감쪽같이 사라진다. 또한 빗줄기에 약해서 비가 쏟아지는 날은 목이 부러져 죽는다. 하지만 비록 작지만 솜털이 난 어리연꽃은 볼수록 신비롭다.

관곡지의 여름도 소리 없이 떠나는 중이다. 화려하게 피어났던 연꽃들은 대부분 어디론가 떠났다. 연꽃이 없는 그 빈자리를 채우는 것 또한 연잎과 연밥이다.

쪽방 월세로 사는 꽃들

관곡지에는 당연히 연꽃이 터줏대감이다. 그 많은 사람들도 연꽃 외에는 거들떠보지 않는다. 그러니까 다른 꽃들은 관곡지에 쪽방 월세를 사는 신세나 마찬가지다. 연꽃 말고도 예쁜 꽃들이 많지만 누구 하나 봐주는 사람이 없다. 그래서 다른 꽃들은 이래저래 서럽다.

하지만 나는 안다. 쪽방 월세, 지하에서부터 살아왔기에 관곡지에서 덤으로 살아가는 꽃들의 서러움을, 비록 쪽방 월세를 살아간다고 해도 언젠가는 대궐 같은 집 주인이 될 거라는 희망이 있다. 주눅들 필요가 없는 것이다.

관곡지의 화려한 연꽃이나 절색의 미인도, 이 세상 제일 부자도, 그리고 최고의 권력자라고 해도 언젠가는 초라하게 빈손으로 떠나는 게 자연의 법칙이다. 그 법칙을 바꿀 수 있는 것은 신이 아니고서는 불가능하다. 차라리 관곡지 쪽방에서 월세로 살아가는 꽃들처럼 이런저런 눈치 안 보며 살아가는 게 더 마음은 편할 수도 있다.

관곡지 연꽃 말고도 다른 꽃을 관심 있게 봐주는 사람이 있는 것처럼, 사진가의 삶이 힘겹고 고달파도 포기하지 않는 사람에게 틀림없이 영광의 기회가 온다. 이 세상 제일 부자나 최고의 권력자라고 해서 걱정이 없는 게 아니다. 오히려 가난하고 힘없는 사람들이 더 맘이 편하고 행복할 수 있다. 물질의 풍요로움만으로는 행복을 채우지 못한다.

연잎을
따는 것은

연밭에 물을 빼더니 연잎을 따기 시작했다. 연잎을 판매하기 위해서다. 또한 연잎을 따는 것은 연근을 수확하기 위한 순서다. 그러니까 연꽃의 마지막을 알리는 것이다.

늦게나마 하나 둘 힘겹게 피어나는 연꽃도 있다. 태어나고 죽는다는 것은 연꽃이나 사람이나 마찬가지다. 가끔씩 짧은 한 세상을 왜 그토록 버둥대며 사진을 찍어야 하는지 자신을 탓하기도 한다. 그런 생각이 들 때마다 관곡지 연밭으로 달려가 미친 듯이 연꽃을 찍게 된다.

한때 화려하게 피어나 수많은 사람들을 불러왔던 연꽃도 그 아름다움을 오래도록 지탱하지 못하고 세월 속에 묻혀버린다. 연꽃 사진을 찍기 시작하면서부터 생명의 비밀을 연에서 찾으려고 하지만 그 비밀을 찾지 못한 채 방황하고 있다.

연잎의 목은 잘라도

호조벌에는 어느새 벼 이삭이 고개를 내밀고 있다. 세월보다 더 무서운 게 없다는 말이 생각나는 아침이다. 관곡지의 연잎은 목이 잘려 수북이 쌓여있다. 사람들을 위해 어디론가 팔려갈 때를 기다리고 있는 것이다.

연잎의 목은 잘라도 연꽃은 듬성듬성 남겨두었다. 늦게라도 찾아오는 사람들과 벌이 꿀을 채취하도록 농장 주인의 따듯한 마음에서 남겨둔 것이다. 야생오리들도 부쩍 날갯짓이 잦아졌다. 때가 되면 미련 없이 떠나기 위한 준비다.

하늘을 나는 고추잠자리 수도 부쩍 많아졌다. 게다가 가을 매미는 목청이 터지도록 울어댄다. 넓은 비닐하우스에는 김장 배추와 무 모종이 질서정연하게 자라 팔려나갈 때를 기다리고 있다. 사진 찍는 사람들도 연꽃을 구경하는 사람들도 눈에 띄게 줄었다. 연꽃을 찍기는 점점 더 어렵다. 모두가 떠날 준비를 하는 관곡지는 오늘따라 쓸쓸하기만 하다.

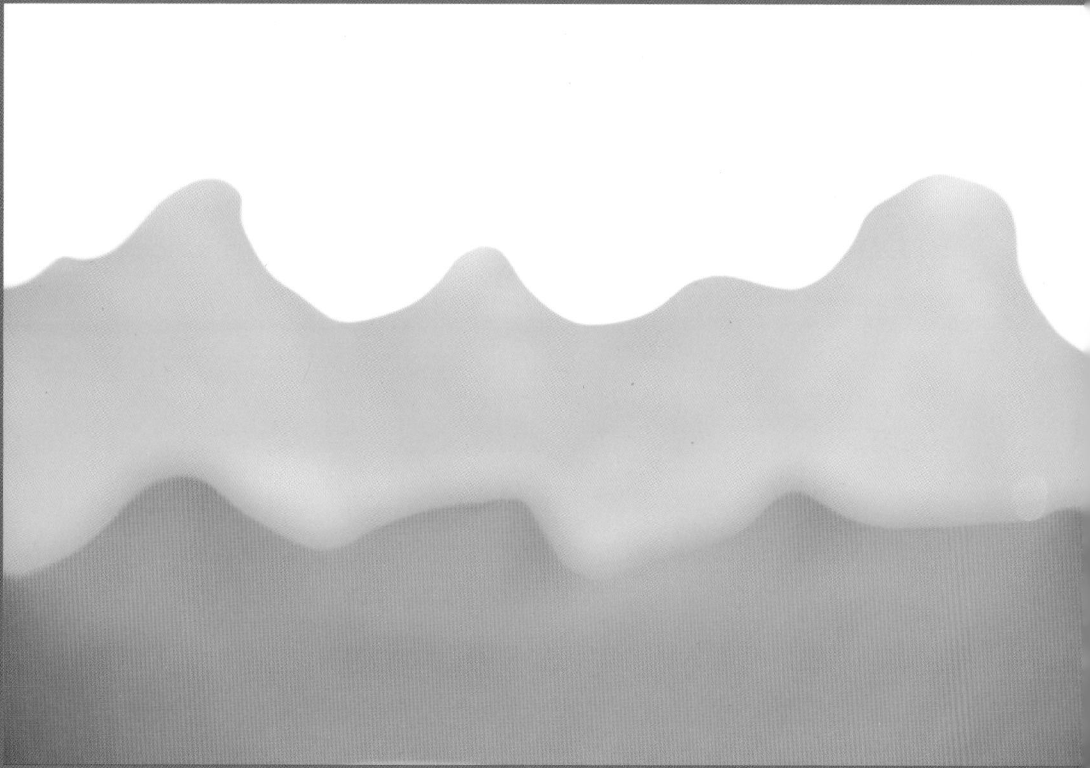

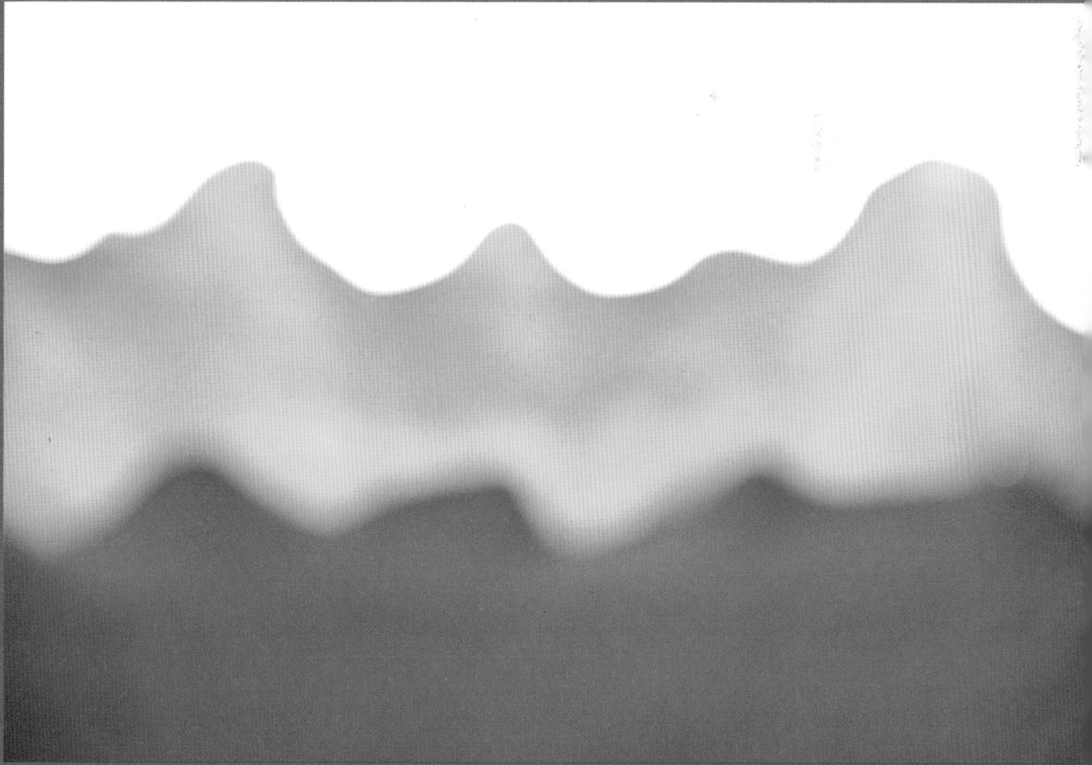

사진 찍기 싫은 날

처음 보는 이상한 연꽃이었다. 사진을 찍다가 몇 번을 들여다보아도 정상적인 연꽃이 아니었다. 살아있는 연잎을 쪼개서 접어 붙여놓은 것이었다. 아마 종이접기 하는 분이 종이로 착각을 한 게 아닐까 생각했다. 하지만 멀쩡한 연꽃을 종이접기 식으로 만들어놓으면 결국 며칠 내에 죽는다. 그런 날은 사진 찍기가 싫다.

옆에서 사진을 찍는 분에게 이상한 연꽃이 있으니 찍어보라고 했다. 여성이어서 그런지 당장 연꽃잎을 접어 붙여놓은 것이라고 하면서 그런 것은 찍기 싫다고 했다. 정신이 올바른 여성이라고 생각했다. 나는 그래도 찍었다. 왜냐하면 연꽃에 나쁜 짓을 하는 것을 알려서 다시는 못하게 해야 한다는 생각에서였다.

비가 그치더니 해가 반짝 나왔다 사라졌음에도 무더운 날씨다. 원두막에 앉아 흠뻑 젖은 땀을 식히며 하늘을 바라보니 다시 먹구름이 밀려왔다. 또다시 비가 쏟아지려고 하는 것 같다.

노을이 아름다운 관곡지

관곡지는 노을도 아름다운 곳이다. 아침에 해 뜰 때와 저녁노을 중에 아침노을 찍기가 참 어렵다. 요즘은 깜깜한 새벽 4시 30분 까지는 촬영 장소에 가있어야 하기 때문에 새벽 3시에는 두 눈 비비며 일어나야 한다. 그렇다고 해서 생각하는 것처럼 매일 노을이 아름다운 것은 아니다. 생각보다 빗나갈 때가 많아서 허탕 치기 일쑤다.

하지만 노을만 찍는 게 아니기 때문에 찍어야 할 대상을 사전에 물색해 놓고 시간과 각도를 맞춰 연습을 한다. 저녁노을도 매일 좋은 게 아니다. 게다가 노을 색도 계절, 자연의 변화와 시간에 따라서 매번 다르다. 그렇지만 끈질기게 매달리다 보면 언젠가는 원하는 노을을 찍게 된다. 하늘도 그런 사람을 이길 수는 없는가 보다.

3부

사랑할 때
더 아름다운
생명

그래도
연꽃 찍는 것만큼은

코로나 전염병으로 인해 온 나라가 어수선하다. 전염병 하나 때문에 이렇게 나라가 어수선한 경우는 생애 처음 겪는 것이다. 교회에서 문자가 왔다. 코로나 전염병으로 인해 예배는 온라인으로 하니 모든 성도들은 각자 집에서 예배를 드리라는 것이다. 교회 역사상 초유의 일이 벌어진 것이다. 전염병 하나로 인해 스트레스 또한 이만저만이 아니다.

며칠 전 사촌 형수님께서 소천하셨다는 연락을 받았다. 망설이다가 결국 조문을 포기했다. 기관지천식을 치료받았던 병력이 있어서 가끔씩 기침이 나는 것도 원인이었다. 그 모두가 코로나 전염병 때문이다. 그래도 연꽃 찍는 것만큼은 멈출 수 없기에 아침마다 관곡지로 달려간다. 하지만 그곳에도 마스크를 쓴 사람들뿐이며 사람이 사람을 경계하게 된다. 이러다가는 혼자 사는 세상이 되지 않을까 걱정된다.

연꽃은 그나마 듬성듬성 피어나 힘겹게 생명을 유지하고 있다. 연꽃이 사라진 그 자리에는 연밥이 고개를 숙이고 있다. 이래저래 마음이 어수선하다. 연꽃마저 그 수가 적어서 사진 찍기는 점점 더 어렵다. 인간이 전염병 하나 때문에 쩔쩔 매는 것을 보면서 제 잘났다고 떠들어 대는 인간들에게 하늘의 경고라고 생각했다.

연잎이
부채질하는 바람

호조벌 하늘에는 헬리콥터가 쉼 없이 돌고 있다. 논에 병충해 방재를 하는 것이다. 며칠 사이 벼 이삭이 부쩍 많이 올라왔다. 어린 시절에는 스테인리스 물통 같은 것을 등에 지고 왼손으로 계속해서 상하로 펌프질을 하면서 오른손으로 농약을 뿌렸다. 논 한 뙈기에 농약을 뿌리려면 이른 아침부터 시작해서 컴컴할 때 끝났다. 그런데 요즘은 그 넓은 들판을 헬리콥터가 날아다니며 뿌리는 것이다. 농사짓기도 편리한 세상이다.

관곡지에는 카메라를 든 사람이나 연꽃을 구경하는 사람들이 보이지 않았다. 물론 연꽃도 가뭄에 콩 나듯이 피어있다. 그나마 늦게 핀 연꽃들은 숨어서 이별 노래를 부르고 있는 듯했다. 그러다 보니 사진 찍기는 점점 더 어렵지만 숨어있는 연꽃을 찾는 기쁨도 있다.

연잎을 채취한 면적이 점점 더 넓어지고 있다. 연밭 주인은 사람들이 덜 다니는 뒤쪽에서부터 채취한다고 했다. 그 말을 듣고 감사하다고 했더니, 시커멓게 탄 얼굴에 하얀 이를 드러내고 웃었다. 소박한 농부의 웃음으로 잠시나마 코로나 전염병의 시달림에서 벗어나는 것 같았다. 선선한 바람이 불어왔다. 그 바람은 우산만 한 연잎이 부채질을 하는 바람이라고 생각했다. 노랑어리연꽃이 아침 이슬로 곱게 화장을 하는 시간이다.

가치 있는 삶은

나는 연꽃을 찍되 그 속에 스며있는 이야기를 찍는다. 그래서 구태여 연꽃 이름을 알려고 하지 않는다. 다른 꽃들도 마찬가지다. 매일 아침마다 똑같은 장소로 달려가는 것은 그때그때 이야기가 달라지기 때문이다. 연밭을 수없이 돌고 돌며 앉았다 일어섰다를 반복하며 숨어있는 이야기를 찾아 사진을 찍는데 노동 중에도 상노동이다.

사진을 찍고 난 후에도 일이 참 많다. 하루 사진을 찍어오면 정리하는데 3~4일이 걸린다. 사진을 찍으면서 느낀 감정을 떠올리며 글을 쓴다. 그래서 사진 관련 일 외에 일은 할 엄두도 못 낸다. 오랜 세월 그렇게 살다 보니 오히려 마음은 편하다.

요즘은 코로나 전염병으로 사람과 사람 사이가 점점 더 멀어지는 세상이다. 하지만 사람 없는 곳을 찾아다니며 사진을 찍기 때문에 위험이 덜하다. 원래 혼자 조용히 사색하며 사진을 찍어왔기에 변화가 없다. 가치 있는 삶은 더 많은 노력이 필요하듯이 나는 좋은 사진을 찍으려고 오로지 사진에만 몰두한다. 그렇게 하는 것이 가치 있는 삶이라고 생각하기 때문이다.

그런 사람을 만났을 때 I

부지런한 이슬방울이 연잎에 매달려 초롱초롱 빛나고 있다. 똑같은 물방울인데도 이슬방울과 빗방울은 차이가 있다. 자세히 들여다보면 이슬방울이 더 영롱하고 탱글탱글하다. 오늘은 유난히 이슬방울이 진주처럼 더욱 빛나는 아침이다.

시에서 관리하는 연밭은 연근이나 연잎을 채취하지 않는다. 그래서인지 가물치가 가끔씩 뛰어오르고 우렁이, 민물조개, 붕어, 잉어, 미꾸라지들을 쉽게 볼 수가 있다. 개체수도 부쩍 많아진 것 같다. 먹잇감이 풍부한 그곳에서 야생오리들이 제집처럼 살고 있다.

어리연꽃을 관심 있게 살펴본 후에는 새로운 사실을 알게 되었다. 관곡지에는 노랑어리연꽃 만 있는 줄 알았는데 솜털이 보송보송하게 난 하얀어리연꽃 몇 송이 만났다. 또한 어리연꽃은 해 뜨는 쪽으로 고개를 내밀고 있다는 새로운 사실도 알게 되었다. 죽었다가 아침이면 다시 살아나는 것인지, 아니면 또 다른 어리연꽃이 피어나는 것인지는 알 수 없다.

그 넓은 관곡지에 사진을 찍는 사람은 나와 어김없이 출근 전에 사진을 찍는 여성 한 분이 전부다. 지난번 구입한 『자연과 사진가의 오랜 동행』 포토 에세이를 보면서 공부가 많이 된다고 했다. 주부로서, 직장인으로서 매일 아침마다 1시간 30분 정도 사진을 찍고 출근한다는 게 여간 어려운 게 아닐 텐데 집념이 대단한 여성이다. 그런 사람을 만났을 때 친근감이 든다.

태풍이 연밭을 스쳐갔는데

밤새도록 비를 동반한 태풍이 요란하게 창문을 흔들어 깊은 잠을 잘 수가 없었다. 날이 훤하게 밝아지면서 태풍의 강도는 낮아지는 것 같았다. 지난밤 태풍으로 인해 그나마 늦게 피어난 관곡지 연꽃이 궁금했다.

연잎은 반쯤 뒤집힌 채로 한쪽을 향해 너풀거리고 있었다. 강풍에 갈기갈기 찢긴 연잎도 있었으나 대부분 멀쩡했다. 다행히 큰 피해는 없는 것 같았다. 하지만 농부는 하룻밤 사이에 다 된 연 농사를 망치지나 않을까 밤잠을 설치며 얼마나 애간장을 태웠을까? 간간이 빗방울이 쏟아져 태풍의 끝자락을 알리는 것 같았다.

키가 큰 연꽃은 태풍을 이겨내지 못하고 목이 부러져 물에 처박혀 있었다. 그중에서도 연잎 속에 숨어 있는 연꽃과 물속에 얼굴만 내밀고 피신했던 연꽃은 지난밤 대풍을 이겨낸 승리의 주인공들이다. 연꽃의 생존 방법은 나보다 한 수 위였다. 그래서 인간이 자연에게 공부할 게 많다는 것을 알려준 셈이다.

그런 와중에 수련은 모두 보라는 듯이 멀쩡했다. 연잎 아래 숨어서 태풍을 피해 간 영리한 수련도 있었다. 그중에 작은 노랑어리연꽃은 전멸하다시피 했으나 생명력이 뛰어나기 때문에 하룻밤이 지나면 다음 날 아침 다시 피어난다. 연밭에 태풍 피해가 적어서 다행이다.

연꽃과 신명나게 춤을 추며

나는 필름 카메라 7대, 그리고 디지털카메라로 바꾼 후 2대, 모두 9대의 카메라를 못 쓰도록 사진을 찍었으나 아직도 진행 중이다. 그리고 미친놈 소리도 귀가 따갑도록 들어왔다. 그러나 지금은 그 미친놈 소리를 듣지는 않지만 앞으로 몇 대의 카메라를 못 쓰도록 사진을 찍어야 그 깊이를 알 수 있을지 나도 모른다.

오늘도 관곡지 연밭에서 연꽃과 신명나게 춤을 추며 사진을 찍었다. 셔터 소리가 멈추고 카메라를 가방에 넣고서야 제정신으로 돌아온다.

연근을 수확하고는 있지만

연잎을 수확한 곳부터 포클레인으로 연근을 캐내기 시작했다. 그런데 지난해의 70% 정도가 줄었다고 연밭 주인이 한탄을 했다. 연근을 담는 여러 개의 박스에 연근이 없었다. 수확량이 너무 줄어서 연근 캐는 것을 멈추려고 한다는 농장 주인의 말이 보통 심각한 게 아니다. 밤낮으로 낮은 기온과 오랜 장마가 원인이라고 했다.

오랜만에 C 씨와 동행을 했다. 전문직으로 근무를 하면서 짬짬이 남편이 운영하는 교육기관에서 강의를 하며 열심히 살아가는 그의 얼굴에 그늘이 깊었다. 사진이나 열심히 찍으며 욕심 없이 살겠다던 그였다. 그래서 카메라도 새로 장만했다. 남편이 대기업에서 은퇴를 해 의욕적으로 새로운 일을 하다가 코로나로 인해 결국 이틀 전에 문을 닫았다고 한다. 가슴 아픈 얘기다. 사람과 사람이 만나서 수천 년을 함께 살아오던 그 천륜이 무너지고 있는 것이다.

돌아오는 차 안에서 울먹이는 그에게 어떤 위로의 말을 할 수가 없었다. 나도 덩달아 마음이 울컥했다. 그 모두가 악질 코로나 전염병 때문이다. 어쩌다 만나는 사람이나 전화로 만나는 사람 모두가 하나같이 힘들어한다. 언제까지 열심히 살아가는 사람들이 고통을 받아야 하는지 걱정과 한숨 소리만 크게 들려오는 세상이 되었다.

관곡지 연밭에는 수련과 길 따라 항아리에 심어놓은 늦게 핀 연꽃, 듬성듬성 늦게 핀 몇 송이가 전부다. 연꽃이 한창일 때는 누구나 쉽게 찍을 수 있었지만, 귀할 때는 마음으로 찍는 사람에게 좋은 주제가 기다리고 있다는 사실을 나는 안다.

갈 때마다 느낌이 다른 연꽃

월요일이어서 출근시간에 차량이 부쩍 많아졌다. 나는 관곡지로 사진을 찍으러 가는 게 하루의 시작이다. 일 년 열두 달 공휴일이나 쉬는 날, 휴가도 없다. 고단하면 쉬는 게 휴일이다. 불규칙한 삶을 살고 있는 것 같지만 오히려 마음은 편하다.

어제 아침에 찍은 연꽃이 있는 곳으로 가보았다. 연꽃은 그대로인데 또 다른 느낌으로 다가왔다. 새빨간 수련이 꼿꼿하게 고개를 들고 물 위로 올라왔다. 유난히 새빨간 수련 하나가 고개를 내밀기 시작했다. 의자에 앉아 물 위로 올라오기를 기다렸다. 그런데 30분이 지나도록 그 자리다. 그때 송사리 한 마리가 점프를 했다. 뛰어봐야 송사리다.

뱃살을 욱여넣은 자세로 앉아 숨이 차도록 사진을 한참 찍고 있는데 전문 산악인들이 사용하는 큼직한 등산용 배낭을 지고 삼각대는 들고 카메라를 목에 건 백발이 성성한 분이 내 앞으로 다가왔다. 관곡지에는 언덕 같은 산이 있을 뿐 높은 산이 없으며 들판뿐인데 등산을 온 건지 사진을 찍으러 온 건지 헷갈렸다. 하필이면 그 무겁고 큰 가방을 쭈그리고 앉아 사진을 찍고 있는 내 옆에 덥석 내려놓았다. 등산을 오셨느냐고 물어보려다가 꾹 참았다.

오늘따라 까치 떼가 유난히 울어댔다. 어린 시절 아침에 까치가 울면 좋은 소식이 올 거라는 그 말을 이제는 믿지 않는다. 까치가 길조가 아닌, 다 된 농작물을 절단 내는 나쁜 새로 낙인 찍혔기 때문이다. 하지만 까치가 좋은 소식을 가져다줄 거라는 미련을 완전히 버리지 못했다. 혹시나 오늘 까치가 내게 좋은 소식을 전해올까?

분명한 목적이 있어야

사진을 오래 한 L 작가에게서 전화가 왔다. 물론 작가협회 회원이 된지도 꽤 오래된 분이다. 며칠 전 관곡지 연꽃 사진을 찍으러 갔는데 꽃이 다 지고 연잎도 따서 찍을 게 없어 허탕치고 왔다고 했다. 그런데 무엇을 찍을 게 있다고 매일 아침마다 가느냐는 전화였다. 그런 말을 한두 번 들은 게 아니어서 웃어넘기고 말았다.

사진가로서 하나의 목적을 달성하려면 최소한 몇 년이 걸린다. 사진을 찍을 때도 머릿속으로 편집을 해가며 찍어야 한다. 그래야 제대로 된 개인전을 하거나 책을 출간할 수 있다. 관곡지에는 사진을 찍을 게 없는 게 아니다. 목적이 없기 때문이다. 그런 사람은 연꽃이 만발해도 찍을 게 없다. 내가 관곡지를 아침마다 달려가는 것은 분명한 목적이 있어서다.

연꽃은 꽃만 있는 게 아니다. 연잎. 연밥, 연대, 연근 모두가 하나의 연이다. 나는 항상 그런 생각을 하면서 사진을 찍기 때문에 연꽃이 모두 떨어졌다고 해도 상관이 없다. 연꽃이 없으면 없는 대로 스토리가 있다. 그래서 '생명 연에서 찾다'를 주제로 10여 년째 사진을 찍고 있다. 분명한 목적이 바로 그거다.

강풍이 불어오는 날은

밤새도록 강풍이 창문을 흔들더니 동이 트면서 바람이 다소 약해졌다. 올여름에는 태풍이 벌써 두 번이나 한반도를 강타했다. 가뜩이나 냉해와 긴 장마로 인해 가을에 수확을 하는 농작물에 큰 피해가 예상된다는데 태풍마저 밀려와 농사를 망쳐 놓은 것이다. 특히 과수 농가와 채소 농가들의 피해가 크다고 한다. 물론 벼농사도 이삭이 나오는 시기에 태풍이 휩쓸고 갔다. 농부들의 땀방울도 태풍이 빼앗아 갔다. 이래저래 올해의 농사는 망친 셈이다.

관곡지의 연꽃은 모두 사라지고 어쩌다 늦게 올라온 연꽃은 물에 처박혀 있다. 하지만 수련은 아직도 기세등등하게 고개를 내밀고 있다. 빅토리아 연밭에 노랑어리연꽃을 5명의 여성 근로자들이 가슴까지 빠져가며 모조리 뽑아내고 있다. 빅토리아연을 보호하기 위해서다.

강풍이 수련을 춤추게 하면서 이리저리 자리마저 옮겨놓았다. 나도 카메라를 들고 바람 부는 대로 춤추듯이 몸을 움직이며 셔터를 눌렀다. 때로는 고속으로 때로는 저속으로 셔터를 눌렀다. 사람이 없으니 마스크를 안 써서 홀가분하다.

태풍이 지나가고 나면 파란 하늘에 뭉게구름이 피어오른다. 그럴 때는 연꽃이 아니어도 좋다. 연밥이나 연잎까지도 하늘과 조화를 이룬다. 태풍이 지나간 자리에 덥석 주저앉았다. 춤추는 연꽃과 뭉게구름이 두둥실 흘러가는 하늘을 동시에 바라보는 즐거움 또한 이만저만이 아니다. 강풍이 불어오는 날은 새로운 주제가 많이 나타나 손목에 쥐가 날 만큼 셔터를 누르게 된다.

연꽃도 세월을 이겨내지 못하고

연꽃도 세월을 이겨내지 못하고 아쉬움만 남긴 체 자취를 감추고 말았다. 화려했던 시절에는 그토록 많은 사람들이 찾아왔다. 그중에서 카메라를 든 사람들이 북새통을 이루었다. 특히 벌들이 점점 사라지고 있다지만 관곡지 연밭에는 예외였다. 벌떼들이 몰려와 연꽃 속에 들어가 부지런히 꿀을 채취한다. 그런데 연꽃이 볼품없게 되자 벌들마저 떠난 것이다.

사람도 마찬가지다. 권력의 자리에 있을 때는 문전성시를 이루다가 그 권력이 끝나고 나면 눈길조차 주지 않는 게 세상사다. 그래서 마음을 비우고 자연의 순리대로 살아가는 사람이 최고의 권력자보다 더 행복한 사람이다.

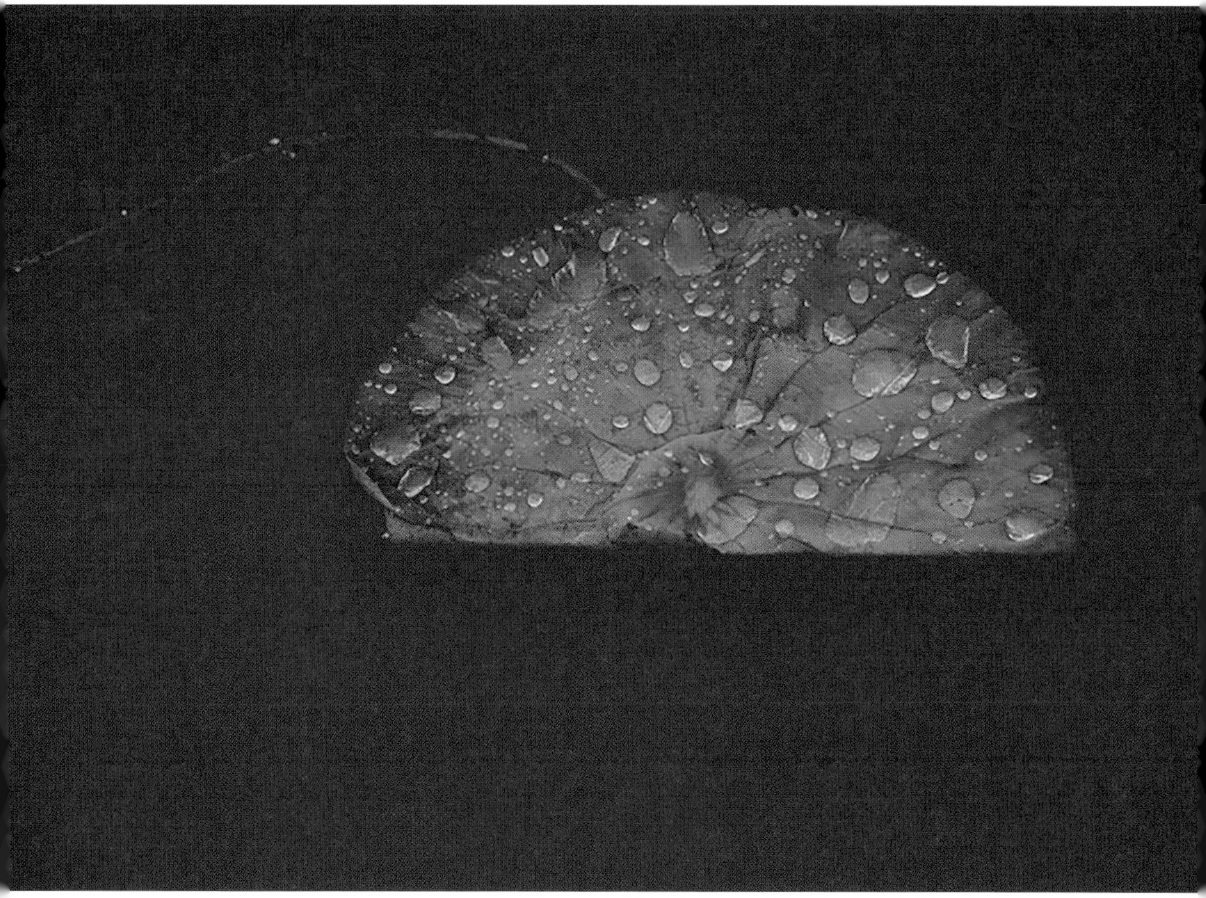

사랑할 때
더 아름다운 생명

목이 터지도록 울어대던 매미는 슬그머니 떠났다. 매미의 팔자는 너무도 가혹하다. 7년 동안을 햇빛마저 차단된 깜깜한 땅속에서 살다가 그 더운 여름 한철 죽도록 울기만 하다가 떠나는 매미는 얼마나 많은 죄를 지은 사람의 영혼일까?

찌르르, 찌르르 울고 있는 귀뚜라미 울음소리는 가을에 떠난 님이 그리워 우는소리다. 그 소리는 너무도 쓸쓸하고 외로움을 불러온다. 떠나고 다시 온다는 것은 자연의 진리인데 이별만은 왜 그토록 슬픔을 안겨줄까.

화려하게 아름답던 연꽃이 떠난 그 자리에 또 다른 아름다움이 존재했다. 비록 연꽃은 아니라고 해도 연잎과 연밥을 어떻게 보고 느끼느냐에 따라서 꽃보다 더 아름다울 수가 있다. 생명은 사랑할 때 더 아름답게 다가온다는 사실을 관곡지 연밭에서 공부하고 있다. 하지만 너무 어려운 공부다.

묵묵히
참고 견뎌낸 결과

연근 수확은 계속 진행 중이다. 연잎을 따낸 곳부터 먼저 포클레인으로 연근을 캐내면 인부들이 연근을 뽑는다. 하얀 백로들이 연근을 캐는 곳에 몰려있다. 미꾸라지와 물고기들이 많아서 먹잇감을 노리고 있는 거다. 새들도 먹어야 살기 때문이다.

연꽃은 모두 지고 어쩌다 늦게 핀 한두 송이가 힘겹게 피어있다. 하지만 수련은 요즘도 한창이다. 수련의 종류도 다양하고 화려해서 카메라를 든 사람이나 휴대폰을 든 사람 모두 수련 쪽으로 몰리고 있다. 연꽃이 한창일 때는 시선을 끌지 못했었다. 그런데 요즘은 사랑을 독차지하고 있다. 서러움을 묵묵히 참고 견뎌낸 결과다.

연잎을 연꽃으로 생각하며

호조벌의 벼 이삭이 누렇게 물들어가고 있다. 도로 아래 논의 벼는 지난 태풍으로 반쯤 쓰러졌다. 논 주인이 논두렁의 잡초를 말끔히 베어내고 논에는 잡초 한 포기 없이 깔끔하게 정리해 놓았다. 부지런한 농부임을 쉽게 알 수가 있다. 그런데 벼 이삭이 고개를 숙일 무렵 태풍이 덮친 것이다. 오며 가며 쓰러진 벼를 볼 때마다 마음이 아프다. 그러니 논 주인은 얼마나 속이 상할까.

관곡지 연꽃도 떠났다. 연잎은 말라가고 있으며 포클레인은 연일 연근을 캐내고 있다. 연잎이 무성한 쪽으로 시선을 돌렸다. 연잎을 연꽃처럼 아름답게 찍어야겠다고 생각을 바꾸었다. 없는 연꽃을 찍는다는 건 불가능하다. 그래서 연잎을 연꽃으로 생각하며 셔터를 누르고 나니 연꽃처럼 아름답다. 그래서 점점 더 깊이 연 세상으로 들어가게 된다.

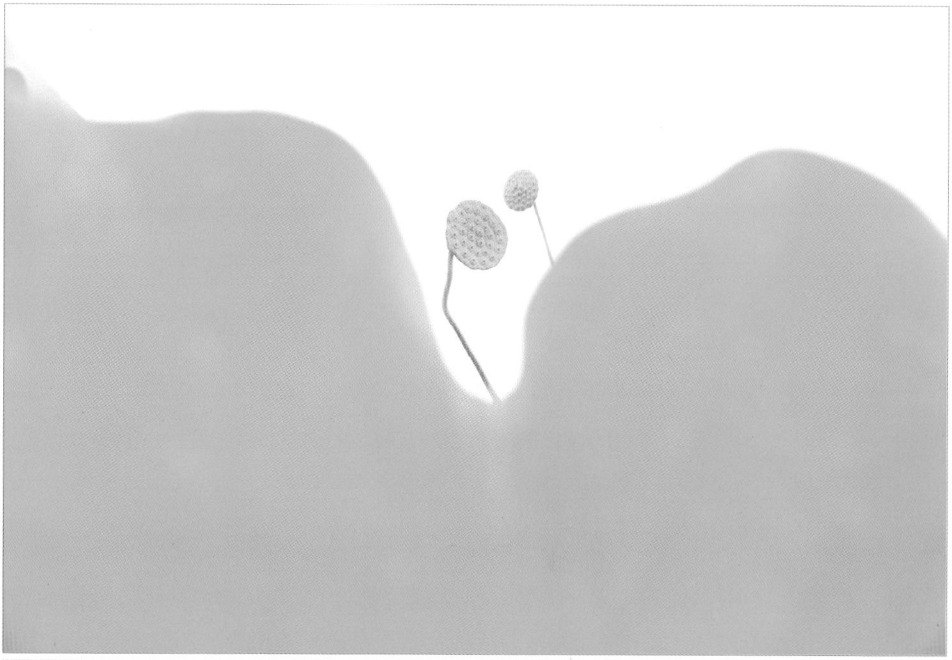

물방울이
그리움의 눈물일까

연잎은 물방울을 만들어내는 제조기인가 보다. 비가 올 때는 빗방울을, 맑은 날 아침에는 영롱한 이슬방울을 매달고 있다. 그런 연잎이 신기해서 두리번거리며 이리저리 만져보아도 도무지 그 비밀을 풀 수가 없다. 연잎은 그 비밀을 꼭꼭 숨겨두고 쉽게 내보이지 않았다. 나도 연잎을 닮아야겠다는 생각이 들었다.

또 태풍이 몰려온다는 뉴스를 들으면서 애꿎은 하늘을 원망했다. 그렇게 농작물을 절단 내고도 모자라서 또다시 태풍이 몰려온다니 해도 해도 너무한다는 푸념을 하늘에게 돌리는 나도 스스로 놀라웠다. 비바람이 몰아치는 날, 텅 빈 관곡지 연밭을 거닐면서 지나온 길과 걸어갈 길을 생각해 보니 너무 멀리 와있었다. 다시 돌아갈 수 없는 자리에서 방황하고 있는 것이다.

비에 젖어 눅눅한 원두막에 앉았다. 참새들도 원두막으로 모여들었다. 바람이 울고 있었다. 힘겹게 버티고 있는 연꽃도 바람 따라 울고 있는 것 같았다. 연잎에 방울방울 맺혀 있는 물방울이 눈물방울로 보였다. 그 바람에 나도 덩달아 눈물이 났다. 진한 그리움의 눈물이었다.

저녁노을을
찍기 위해

전통예술 분야에 종사하시는 분과 저녁식사 중이었다. 그런데 멀쩡하던 날씨가 갑자기 먹구름이 밀려오더니 비를 퍼부었다. 한창 식사 중에 쏟아지던 비는 멈추고 서쪽 하늘이 붉게 물들기 시작했다. 실례를 무릅쓰고 일어나 관곡지로 달려갔다.

도착하자마자 카메라 가방을 둘러메고 헉헉거리며 뛰었다. 뛰면서 먼저 조리개와 ISO를 체크했다. 그런데 두꺼운 뱃살이 문제였다. 뛰어도 속력이 나지 않았다. 먹고 싶은 것을 억지로 참아가며 뱃살을 줄여보려고 해도 좀처럼 줄지 않고 있다.

노을은 이미 절정기를 지나 서서히 색이 변해가고 있었다. 그럴 때 마음이 급하다. 그냥 노을만 찍으면 이야기가 없는 밋밋한 사진이 된다. 그래서 주제를 찾아 이리저리 뛰어다니다가 결정적 순간을 놓치게 되는 경우가 많다.

화려하게 피었던 연꽃은 사라지고 그나마 검붉게 마른 연밥도 좋은 위치에 있는 게 아니다. 겨우 몇 컷 찍은 게 영 신통치 않았다. 어둠이 깔리기 시작했다. 그래도 미련이 남아 급하게 뛰어가다가 미끄러져 넘어졌다. 하마터면 카메라를 박살 낼 뻔했다. 그놈의 비가 원수라고 투덜대며 카메라를 살펴보았으나 다행히 멀쩡했다.

하늘에는 철새들 무리가 이리저리 날아다니고 있다. 철새들이 모두 내비게이션을 달았는지 깜깜한 밤에도 목적지를 잘 찾아다니는 게 신기하다. 바람이 차갑다. 관곡지의 가을도 깊어만 가고 있다.

연밥(씨)

연꽃이 지고 나면 둥근 연밥이 생겨난다. 그러니까 연 씨가 하나의 둥근 연밥에 들어있다. 큰 연밥에는 40여 개의 연 씨가 들어있는데 완전히 여물게 되면 돌보다 더 단단하다. 연잎을 채취한 다음 여문 연밥을 허벅지 빠져가며 하나하나 채취한다. 연 농사는 일일이 사람이 해야 하기 때문에 여간 힘든 게 아니다.

관곡지 연밭에는 아침마다 만나는 세 사람이 있다. 한 사람은 연 농장 주인이며 두 사람은 사진 찍는 사람이다. 그중에 한 사람이 사진에 입문한지 1년차 여성이다. 무엇을 찍는지는 알지 못한다. 알려고 하지도 않는다. 그러다 보니 한 사람만 눈에 보이지 않아도 궁금하다.

마음과 사진이 일치하지 못 할 때

누군가 꼭 찾아올 것 같은 가을 아침이다. 기다림에 익숙한 삶을 살다 보니 오히려 그 기다림의 존재를 망각하게 된다. 기다린다는 것은 상대가 있어도 없어도 그 시간만큼은 가슴이 뛴다. 계절도 기다림의 하나다. 여름이 지나가고 가을이 오면 마음은 왠지 쓸쓸해진다. 계절에 예민한 게 사진가다. 바로 색과 연결되기 때문이다.

마음이 쓸쓸하고 외롭다고 해도 사진만큼은 따듯하고 소박하게 찍고 싶다. 언제나 상처 깊은 사람들에게 위로가 되는 그런 사진을 찍고 싶은 것이다. 하지만 마음과 사진이 일치하지 못할 때 더 쓸쓸하고 허탈하다.

연잎을
어떻게 보느냐에 따라서

연꽃이 모두 사라지고 나니 사진 찍는 사람들과 연꽃 구경을 하러 오는 사람들이 부쩍 줄었다. 하지만 수련은 요즘이 한창이다. 그러다 보니 사진을 찍는 사람이나 연꽃 구경을 하는 사람들이 수련 쪽으로 몰리고 있다.

하지만 나는 연꽃이 없으면 연잎과 연밥에서 생명을 찾는다.

연꽃도 때가 되면 죽는 것이며 오직 자연의 순리를 따라가는 것이다. 이 세상 모든 생명체는 영원하지 못하다는 것을 관곡지 연밭에서 공부하고 있다.

흥 별꼴이야

비가 추적추적 내리는 토요일 아침이다. 출근시간임에도 도로는 한산하다. 차창 밖으로 보이는 호조벌의 들판은 누렇게 물들어가고 있다. 아침 시간은 똑같은 데 태양이 떠오르는 시간과 방향이 다르다. 하루가 다르게 아침 공기가 차갑다는 것을 느낄 수 있다. 가을이 빠르게 깊어가는 것이다.

토요일인데 카메라를 든 사람과 산책을 하는 사람이 보이지 않았다. 그 시간에 꼭 만나는 두 사람의 모습도 보이지 않았다. 수련 밭을 좌우로 돌면서 주제를 찾고 있는데 갑자기 그 여성이 일어서면서 인사를 했다. 깜짝 놀랐다. 항상 꼼짝 안 하고 쭈그리고 앉아 사진을 찍는 독특한 여성이다. 아침 출근을 해야 하기 때문에 돌아다닐 시간이 없어서 그렇다고 했다.

강아지를 데리고 산책하는 신체가 우람한 여성이 다가왔다. 연꽃이 없는데 무엇을 찍느냐고 물었다. 체격이 큰 데다가 검은색 투피스에 주먹만 한 하얀 강아지를 끌고 다니는 것은 사진 주제로 좋을 것 같다는 생각뿐이었다. 갑자기 강아지가 짖어대기 시작했다. 왜 우리 주인님이 묻는 말에 대답이 없느냐고 짖어대는 것 같았다. 강아지를 쥐어박고 싶었으나 동물 학대로 잡혀갈까 봐 꾹꾹 참아야만 했다.

"아주머니 강아지를 다른 곳으로 데리고 가시면 안 되나요?" "흥 별꼴이야. 자기네 연밭인가?" 강아지는 더욱 짖어대며 달려들 기세였다. 화가 치밀었으나 참아야 했다. 결국 내가 먼저 자리에서 일어나 다른 곳으로 향했다. 오지 말아야 할 그놈의 비는 왜 그렇게 자주 쏟아지는지 하늘이 원망스러운 토요일 아침이다.

실잠자리의
마지막 사랑

철새들마저 떠나는 관곡지에 실잠자리가 마지막 사랑을 하고 있다. 깊은 사랑에 빠져있는 것이다. 실잠자리의 사랑에 방해가 될까 봐 조심스럽게 셔터를 눌렀다. 그런데 셔터 소리가 왜 그렇게 크게 들려올까. 살며시 일어나 보랏빛 수련 앞으로 다가갔다. 한 방울 두 방울 빗방울이 떨어지기 시작했다. 하지만 실잠자리가 사랑을 나누는 그곳에는 빗방울이 그냥 지나갔다.

요즘 관곡지는 수련 세상

연꽃이 없는 관곡지에 수련이 시선을 끌고 있다. 수련도 그 종류가 다양하다. 연잎이 멍석만 한 빅토리아연은 잎도 크지만 꽃 또한 크다. 게다가 꽃은 밤에만 피어났다가 해가 떠오르기 전 다시 물속으로 잠수한다. 수련 중에 제일 작고 약한 연이 어리연이다. 비가 오면 죽었다가 비가 그치면 다시 살아나며, 따가운 햇살에도 약하기 때문에 죽었다 살아나기를 반복한다.

관곡지에는 멸종 위기종인 금개구리도 많다. 어느 아주머니가 금개구리가 보호종인 줄 모르고 잡으려다가 관리인에게 들켜서 줄행랑을 친 경우도 있다. 집오리처럼 살아가던 야생오리들이 뒤뚱거리며 논둑을 걸어 다니던 모습도 볼 수가 없다. 어디론가 모두 날아간 것이다.

꽃을 따라다니는 사람들과 사진을 찍는 사람들도 손가락으로 셀 만큼 줄었다. 만족할 만한 사진을 못 찍을 때도 종종 있다. 그러나 관곡지에는 숨겨진 기쁨이 있기 때문에 아침마다 달려가는 것이다. 가을은 떠나는 계절인가 보다. 그래서인지 어디론가 무작정 떠나고 싶다. 그렇지만 수련만큼은 그 자리를 끈질기게 지키고 있다.

사진을 찍는 그 순간에

어느 한 주제를 집중적으로 찍다 보면 예상하지 못했던 사진이 되기도 한다. 연꽃이 모두 사라지고 수련만 남아있기 때문에 그 주위를 맴돌며 주제를 찾게 된다. 수련 중에서도 빨강 수련은 언제나 꼿꼿하게 물 위로 고개를 내밀고 있다. 처음 보는 사람은 그 수련이 아름답고 귀하게 보일지 몰라도 매일 아침 사진을 찍는 입장에서는 관심이 적다.

그래서 숨겨진 새로운 주제를 찾기 위해 이리저리 왔다 갔다 하면서 살펴본다. 사진을 모르는 사람들은 할 일이 없어서 연밭에서 시간이나 보내는 사람으로 생각할 수도 있다. 숨겨진 주제는 빛의 각도와 자세, 높낮이에 따라서 나타나기 때문에 앉았다 일어섰다 이리 돌고 저리 돌며 주제를 찾는 것이다.

주제가 귀한 대신에 뜻밖에 생각하지도 않았던 사진이 되기도 한다. 한참 작은 수련과 빅토리아 연잎을 대각선으로 찍고 있는데 갑자기 빅토리아 연잎 쪽으로 다가와 사진을 찍는 사람의 모습이 반영되어 찍혔다. 순간에 일어난 일이 흥미로운 사진이 된 것이다.

관곡지에는 보호종인 금개구리의 서식지이기도 하다. 그러다 보니 금개구리들은 관곡지가 천국이나 마찬가지다. 그래서인지 금개구리들은 사람을 무서워하지 않는다. 핑크색 수련을 한참 찍고 있는데 금개구리 한 마리가 나도 찍어달라는 듯 눈 깜짝할 사이에 연잎에 올라와 버젓이 앉아있었다. 결국 금개구리는 모델이 된 셈이다.

빅토리아 연잎

빅토리아연은 꽃과 잎이 연꽃 중에서 제일 크다. 게다가 꽃은 한밤중에만 피어나는 야화다. 동이 틀 무렵 연꽃은 다시 물 아래로 잠수한다. 그래서 빅토리아 연꽃을 보려면 깜깜한 밤중에 라이트를 켜고 본다. 물론 사진을 찍는 사람들도 라이트를 켜고 찍는다.

빅토리아 연잎은 겉과 속이 다르다. 앞면과 뒷면의 색이 다르며 뒷면에는 날카로운 가시가 촘촘히 박혀있다는 것을 지난 태풍 때 연잎이 뒤집히는 바람에 알게 되었다. 그런데 가끔씩 야생오리들이 빅토리아 연잎에 올라가 있다. 연잎이 찢어지면 죽는다고 한다. 그래서 연꽃을 관리하는 분이 야생오리가 올라가지 못하게 수시로 연밭을 돌며 감시를 한다.

하늘에는 철새들이 떼 지어 날아다니고 고추잠자리도 점점 하늘 높이 날고 있다. 귀뚜라미 울음소리는 그칠 줄 모르고 이어진다. 연꽃은 모두 사라지고 수련만이 기세등등하게 피어있다. 조석으로 찬바람이 옷깃을 여미게 하는 깊어가는 가을이다. 가을은 떠나는 계절인가 보다. 그래서 더 쓸쓸하고 가슴에 묻어두었던 그리움이 몰려오는 계절이다.

연꽃도 사람도
모두 떠나고

하루가 다르게 차가운 바람이 불어온다. 오며 가며 만나는 호조벌의 벼 이삭이 고개를 숙이고 있으며 황금색으로 물들어가고 있다. 며칠 동안만 비가 오지 말았으면 하는 마음으로 관곡지를 향해 달린다. 지금 비가 오면 그나마 쓰러지지 않은 벼농사를 망치기 때문이다.

연꽃이 떠난 관곡지는 한적하다. 북적거리던 사람들을 볼 수가 없으며 카메라를 든 사람들도 보이지 않는다. 그나마 남아있는 연잎마저 희뿌옇게 말라가고 있다. 힘겹게 피어난 연꽃은 사람들로부터 외면당하고 시름시름 앓고 있다.

뒤뚱대며 자기 집인 것처럼 능청스럽게 살아가던 야생오리들은 야밤에 어디론가 날아갔다. 파란 하늘을 날아다니는 고추잠자리도 어디론가 떠나겠지. 가을은 모두 떠나는 소식으로 가득하다. 그래서 깊어가는 관곡지의 가을 아침은 더 차갑고 쓸쓸하기만 하다.

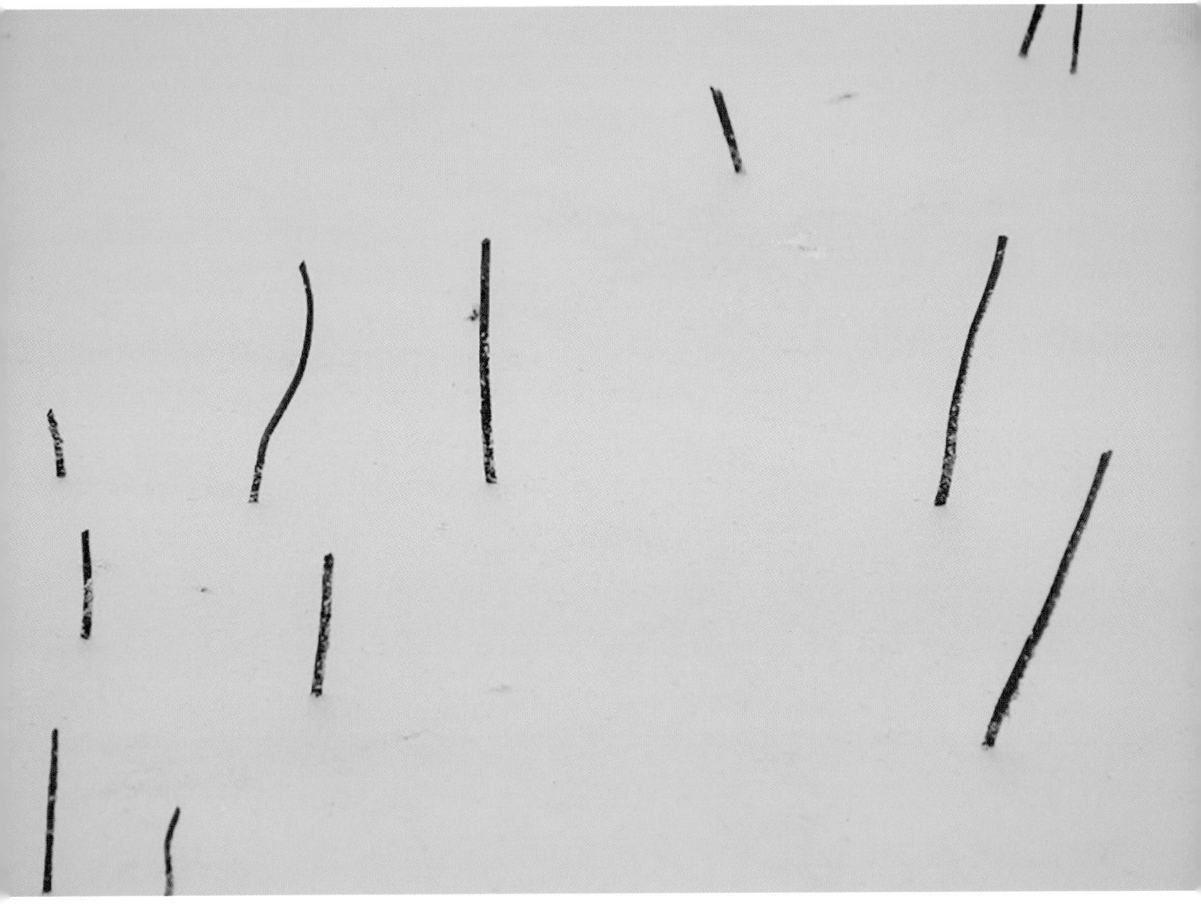

4부

죽은 연에서 생명을 찾는다

관곡지에
뿌려진 금화(金貨)

관곡지에 금화가 깔려있다. 지난밤 하늘에서 떨어진 것인지, 아니면 귀신에 홀린 것인지 도무지 알 길이 없다. 게다가 그날은 사람도 없었다. 잘 되었다 싶어 깔려있는 금화를 주섬주섬 주워서 양쪽 주머니 먼저 채웠다. 주머니가 가득 차서 카메라 가방에도 가득 채웠다. 그때야 카메라 가방이 작은 것을 후회했다.

꽤나 무거웠다. 카메라를 목에 걸고 심지어는 양말 속까지 채워도 깔려있는 금화는 끝이 보이지 않을 만큼 많았다. 사람들이 하나둘씩 모여들기 시작했다 그 순간 번쩍이던 금화는 순식간에 모두 사라졌다. 하지만 내 눈에는 그때까지도 금화가 보였다. 끙끙거리며 자동차가 세워진 곳으로 향했다. 하나를 꺼내서 살펴보니 완전히 100% 금화였다. 그것도 고려 시대의 것과 같다는 생각이 들었다.

금 자체만으로도 가격으로 따지지 못할 만큼 어마어마한 금액이다. 그런데다가 고려 시대 금화니 인천 땅을 모두 사고도 남을 가치가 있는 것이라고 생각했다. 그러나 모두가 물질 욕에서 비롯된 착각이었다. 하지만 수련 잎을 금화로 생각하며 찍은 순간이나마 감사하게 생각했다. 허상이라도 그 순간만큼은 그렇게 행복할 수가 없었다.

그런 사람을 만났을 때 II

“올해 야채와 과일 농사는 흉년이라고 하는데 연근 농사는 어떤가요?” 먼 하늘을 바라보던 연농장 주인이 마지못해 대답을 했다. “지난해 절반도 안 돼요.” “그럼 값을 올려서 받아야겠네요?” 웃는 건지 못마땅하다는 건지 표정이 분명하지 않았다. “값은 지난해와 마찬가지로 받아요.” 더 이상 묻는다는 것은 긁어 부스럼을 만드는 것 같아 수련 밭으로 향했다.

추석 연휴가 끝나고 직장인들은 월요일 아침 출근하는 시간이다. 나는 연밭으로 출근한 셈이다. 그런데 매일 아침 연밭에서 만나는 Y 씨가 인사를 했다. 당찬 여성이다. Y 씨는 아침마다 사진을 찍고 출근을 한다. 물론 사진 찍는 게 좋아서 그렇겠지만 주부로서, 직장인으로서 보통 의지로는 못하는 일이다.

그렇게 열심히 사진을 찍는 Y 씨의 사진이 궁금해서 보여줄 수 있느냐고 물었더니 즉시 보여주었다. 1년이 조금 넘었다는데 잘 찍은 사진이었다. 모든 일이 마찬가지다. 열심히 최선을 다하는 사람에게 좋은 결과가 있게 마련이다. 서로가 마스크를 쓰고 거리 두기로 표정은 알 수 없지만 그런 사람을 만났을 때 기분이 참 좋다.

또 다른 신비로움

나는 지금 지나온 길을 되돌아볼 수 있는 그 자리에 서있다. 세상에는 아픔을 품고 살아가는 사람들이 참 많다. 그런 사람들이 내 사진에서 소소한 기쁨을 되찾고 아픈 상처를 치유받을 수 있다면 얼마나 좋을까. 깊어가는 가을 멈춰 선 길 위에서 가야 할 길을 하늘에게 다시 묻고 있다.

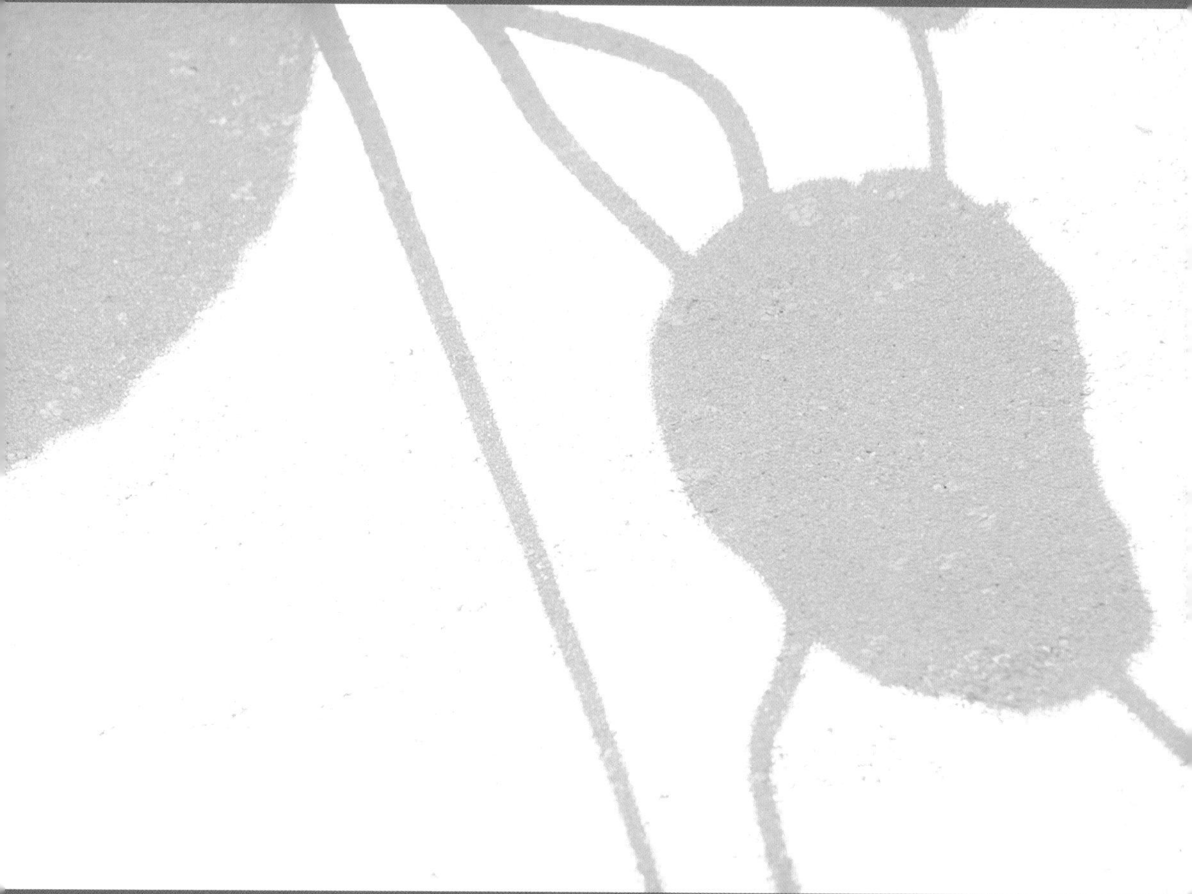

외다리 백로

하늘에는 구름 한 점 없는 맑은 날 아침이다. 관곡지에는 카메라를 든 사람은 물론 연꽃을 구경하러 온 사람이 없다. 크르릉 거리며 연근을 수확하는 포클레인 앞으로 다가갔다. "연근을 캘 때마다 백로 떼가 날아와 미꾸라지를 잡아먹는데 그중에서 외다리 백로 한 마리가 안타깝다"라는 농부의 말이 생각나서다.

백로 여러 마리가 미꾸라지를 잡아먹으려고 노려보고 있다가 사진을 찍으려고 하자마자 포클레인 뒤쪽으로 날아가 찍을 수가 없었다. 그런데 한 마리가 미동도 하지 않은 채 서 있었다. 지난번 사진을 찍었던 외다리 백로였다. 막대기로 물 빠지는 구멍 앞으로 다가가 진흙을 헤치고 미꾸라지 두 마리를 잡았다. 그런데 한 쪽발이 진흙탕에 빠지고 말았다. 잡은 두 마리를 외다리 백로 앞으로 던졌다.

미꾸라지 두 마리가 정확하게 외다리 백로 앞에 떨어져 꿈틀대는 것을 알 수가 있었다. "진흙탕 속으로 숨기 전에 빨리 잡아먹어라"라고 소리쳤지만 동작이 느리다. 한 마리는 숨어버리고 겨우 한 마리를 잡아 삼키는 것을 본 후 수련이 핀 쪽으로 걸어갔다. 진흙탕에 빠진 내 모습을 본 두 여자가 걸어가며 한 말이 자꾸 떠올랐다. "미친 사람 같지 않니? 빨리 다른 곳으로 가자."

수련은 오늘 아침도 활짝 피어 꼿꼿하게 고개를 들고 있었다. 그런데 둥글고 큰 빅토리아 연잎 위에 100원짜리 동전과 작은 돌멩이, 이런저런 잡다한 것들이 마음을 상하게 했다. 군데군데 연잎이 찢겨 있었다. 마음이 불편해 더 이상 사진을 찍을 수가 없었다.

연꽃이 만발했던
자리에는

슬그머니 왔다가 바람같이 사라지는 게 가을이다. 그래서 사진가는 몸살이 나도록 가을을 쫓아다녀야 한다. 관곡지에도 가을은 빠르게 지나가고 있다. 연꽃이 만발했던 자리에는 연근을 수확하고 나서 물로 가득 채웠다. 그곳에는 사방이 어두운데도 불구하고 야생오리 떼들이 아침 먹이를 찾고 있다. 먹고살기 위해서 오리들도 부지런하기는 마찬가지다.

동쪽 하늘이 붉어지기 시작했다. 산 너머 뒤에서 태양이 솟아오르는 것을 알 수가 있었다. 연꽃을 찍을 때와는 전혀 다른 위치에서 셔터를 누르기 시작했다. 해가 떠오르면서 ISO와 조리개, 셔터속도를 조절해가며 빠르게 움직였다. 직관적으로 색의 변화를 감지하기 때문에 능동적으로 손가락과 자세가 움직이게 된다.

태양이 피어오르는 순간부터 불과 2~3분 이내에 아침노을 잔치는 끝난다. 그 짧은 순간의 색은 환상적이다. 그러나 매일 아침마다 노을 색이 환상적인 것은 아니다. 허탕 치는 날이 다반사다. 짧은 순간을 찍기 위해 새벽부터 달려가는 것이다.

아침 노을 잔치가 끝나고 나면 허탈감이 밀려온다. 그렇게 죽기 살기로 찍어도 사진이 참 어렵다. 자연 앞에서 인간은 무기력할 수밖에 없다. 하지만 끊임없이 자연과 교감을 하려는 사람에게 관대한 게 자연이다.

그 순간이 부활

며칠 만에 새벽 6시에 관곡지로 달려갔다. 6시인데도 깜깜하다. 안개가 자욱하게 덮었다. 연근을 수확한 논에는 물을 가득 채웠다. 휑한 연밭에는 새벽부터 어디서 날아왔는지 오리 떼들이 꽉꽉 소리를 지르며 휘젓고 다닌다.

아침부터 연근을 캐는 농부 외에는 사람이 없다. 나 혼자뿐이다. 앙상하게 말라죽은 연잎과 연대만이 그 자리를 지키고 있었으며 듬성듬성 피어난 수련도 허우적거리는 듯하다. 연꽃은 온데간데없이 사라지고 연잎과 연대는 모두 말라죽었다. 생명은 영원하지 못하지만 부활의 기적이 있을 거라고 생각하기 때문에 연꽃이 없는 연밭을 서성거리고 있는 것이다.

짙은 안개 속으로 붉은 태양이 얼굴을 내밀고 있다. 그 순간이 부활이라고 생각했다. 감격의 순간이다. 연꽃이 떠난 관곡지에 또 다른 생명체가 나를 부르고 있다.

연꽃이 떠난
그 자리는

관곡지에 연꽃이 떠난 그 자리는 삭막한 풍경으로 변했다. 바싹 말라 갈기갈기 찢어진 연잎, 부러져 어수선한 연대, 그 위를 날아가는 철새 떼, 화려했던 연꽃의 흔적조차 찾아볼 수가 없다. 연꽃이 만발했을 때는 수많은 사람들이 찾아왔다. 특히 카메라를 든 사람들이 조석으로 북새통을 이루었다. 나도 그중에 한 사람이었다.

그런 풍경이 어찌 연꽃에만 해당될까. 궁금해서 시월 끝자락에 관곡지 연밭을 찾은 것이다. 서슬 퍼런 높은 관직에 있을 때는 문전성시를 이루다가 그 직을 다하면 사람들의 발길이 뜸해지는 게 세상사다. 이 세상에 생존하는 모든 동식물에게 애당초 영원함은 존재하지 않았다. 권력자나 부자도 마찬가지다. 쑥대밭이 된 관곡지 연밭을 서성거리며 인생무상(人生無常)을 공부한 날이다.

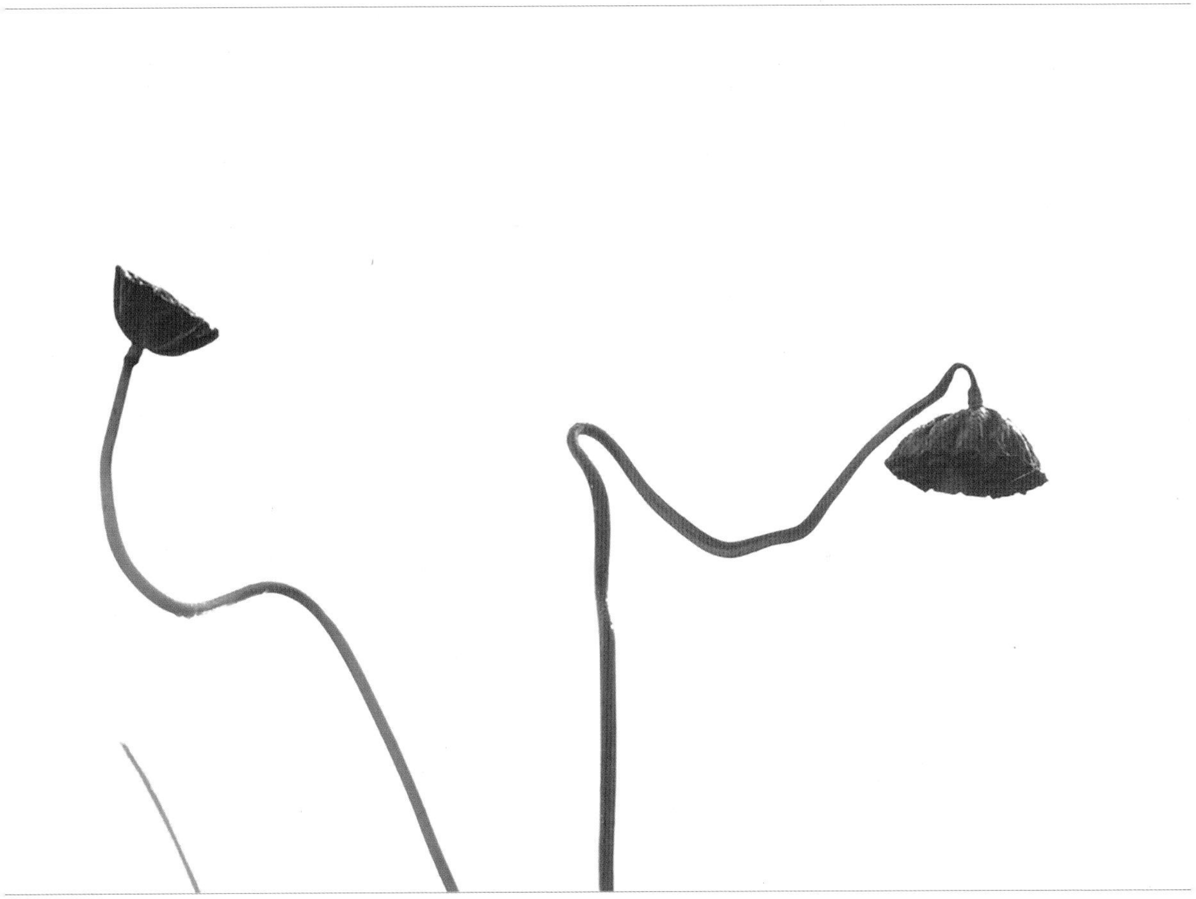

연꽃이 말라죽었다고 해서

연꽃이 사라지고 난 후, 사람들은 발걸음을 돌렸다. 하지만 나는 그럴 수가 없었다. 갈색으로 말라버린 연잎과 연대는 부러지고 찢어져 앙상하게 남아있다. 그나마 남아있던 수련은 모두 뽑아냈다. 화려했던 지난여름의 관곡지는 그 흔적만 남아있을 뿐이다.

연꽃이 사라지고 연잎과 연대가 말라죽었다고 해서 관곡지를 외면할 수는 없었다. 코스모스와 단풍을 찍으러 정신없이 다니다가 다시 찾은 관곡지는 삭막하다. 하지만 연꽃처럼 생각하며 셔터를 눌렀다. 하나의 생명체로 보기 때문이다.

비 오는 날 무얼 찍으세요

겨울을 재촉하는 비가 추적추적 내린다. 많은 양의 비는 아니다. 겨울비를 맞은 파란 잔디가 궁금해 관곡지로 달려갔다. 3년 전부터 파란색에 관심을 갖게 된 것은 평소 존경하는 S 작가님의 눈이 나빠진 후부터다. 다행히 다른 곳의 잔디는 모두 누렇게 변해있었으나 관곡지의 잔디는 더욱 파란색을 유지하고 있었다.

아무것도 없는 잔디밭에서 우산을 쓰고 사진을 찍는 나를 관리인이 한참을 바라본다. 무엇을 찍는지 궁금한 표정인 것 같다. 남아있는 연잎과 연대는 갈색으로 변해 부러지고 찢어진 채로 남아있다. 연꽃의 흔적조차 찾아볼 수 없는 겨울비 오는 날의 관곡지는 쓸쓸하다. 하지만 우산을 쓰고 파란 잔디밭을 걷는 즐거움은 특별하다.

원두막에 앉아 추녀 밑으로 방울방울 떨어지는 빗방울을 바라본다. 옆의 원두막에 앉아 있는 부부 중에 여성이 마스크를 쓴 채로 내게 다가와 다짜고짜로 물었다. 연꽃도 없고 아무것도 없는 곳에서 무얼 찍느냐는 것이다. 꽤나 궁금했나 보다. "파란 잔디 꽃을 찍었지요." 여성은 주변을 두리번거리다 다시 물었다. "잔디 꽃은 처음 들어본 얘긴데요 잔디도 꽃이 있나요?" 누굴 놀리냐는 표정이다.

다시 옆 원두막으로 돌아가 부부는 쑤근거렸다. 그리고 일어나더니 나를 힐끔힐끔 바라보면서 어디론가 걸어갔다. 그런데 갑자기 비가 쏟아졌다. 우산이 없는 부부는 다시 원두막으로 뛰어왔다. 웃음이 나왔지만 참았다. 나는 다시 우산을 쓰고 잔디 꽃을 찍으러 갔다.

연(蓮)은 예술가

연은 예술가다. 연꽃이 죽었다고 해서 모두 죽은 게 아니었다. 생명이 꿈틀거리며 몸부림치고 있는 것이다. 그 꿈틀거림은 죽은 황갈색 연대로 멋지게 디자인을 했다. 연이 아니고서는 할 수 없는 디자인이다. 연의 윤회(輪廻)가 시작된 것이다.

말라죽은 연에서
생명의 소리가

한 달여 만에 다시 관곡지를 찾았다. 연근을 수확한 곳에는 물을 가득 채웠다. 갈 때마다 야생오리 떼들이 꽥꽥거리며 먹이를 찾던 소리도 들리지 않았다. 연밭에 얼음이 두껍게 얼어붙어 오리 떼들의 먹이와 놀이터가 사라진 것이다. 먼저 수확한 연밭에는 붉은 수초가 양탄자를 깔아놓은 것 같았다.

한참 사진을 찍고 있는데 "선생님!" 부르는 소리가 들려왔다. 머리서부터 발까지 중무장을 하고 마스크까지 썼으니 누군지 알아볼 수가 없었다. 하지만 목소리는 낯설지 않았다. 관곡지에서 아침마다 만나는 열심히 사진을 찍는 여성이었다. 출근을 해야 한다며 총총히 사라지는 그 여성에게 '인생 공부'를 한다는 생각이 들었다. 삭막한 겨울 관곡지에서 만난 여성의 한 마디가 얼어붙은 마음을 녹여주는 듯했다.

죽은 연에서 생명을 찾는다

봄이면 진흙탕 속에 묻혀있는 연근에서 싹이 나오고 그 싹이 자라면서 연잎과 연대가 된다. 연꽃은 연대 가지에서 피어나는 게 아니다. 연잎이 하늘을 향해 적당하게 올라온 후 연꽃은 진흙탕 속에서 독자적으로 고개를 내밀고 올라와 꽃을 피운다. 연잎이 나오기도 전에 꽃이 피어나는 게 아니다.

나는 꽃을 찍되 큰 꽃은 찍지 않는다. 꽃 이름도 구태여 알려고 하지 않는다. 그런데 연꽃은 다르다. 아무리 꽃이 크다고 해도 크게 보이지 않는 게 신기하다. 연꽃은 사람의 마음을 사로잡는 그 어떤 신비로움이 존재한다. 그래서 연꽃은 영원히 죽지 않는 꽃이라고 생각하며 사진을 찍는다.

연꽃이 모두 사라지고 연잎과 연대는 말라죽어 생명이 있을 수 없다. 그러나 나는 그 말라죽은 연에서 생명을 찾는다. '생명 연에서 찾다'를 주제로 사진을 찍는 것도 바로 그런 생각에서다.

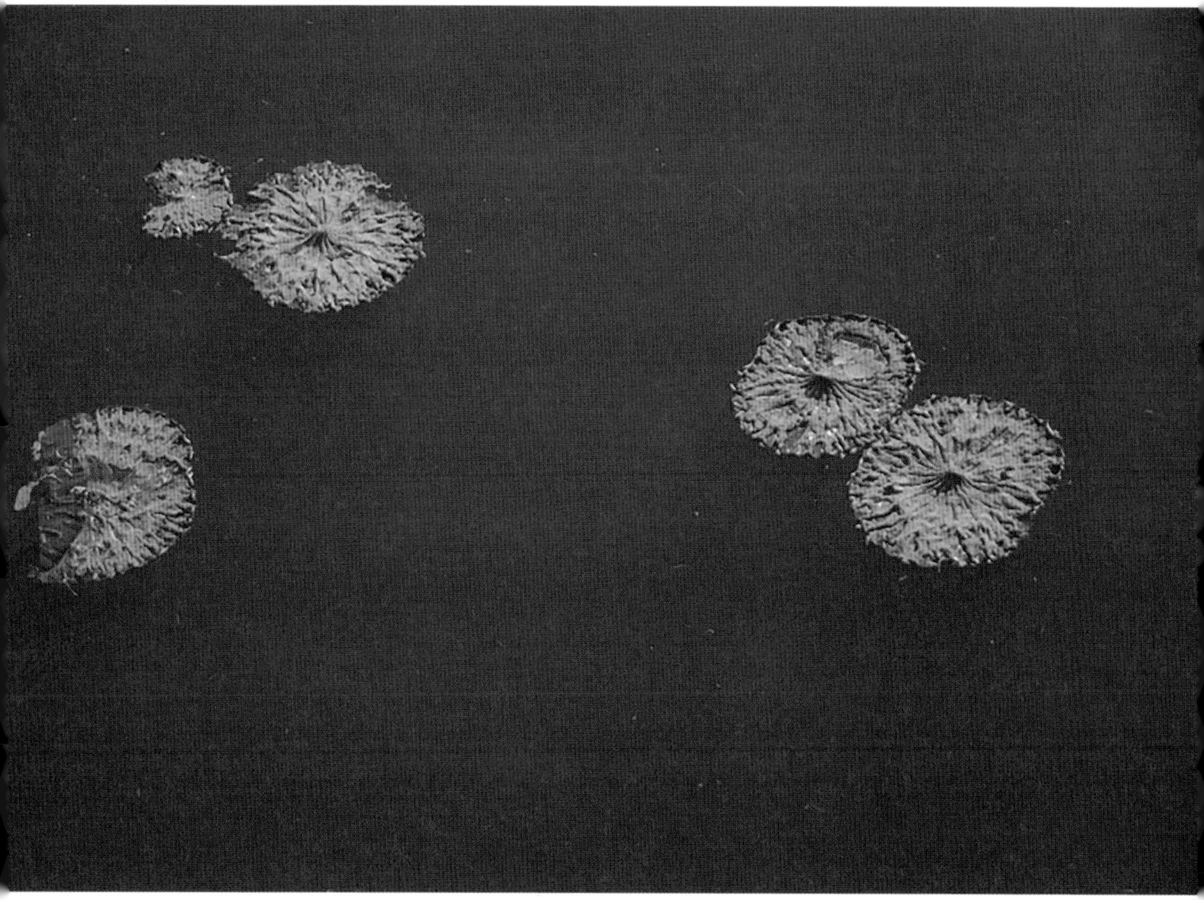

아침노을을 찍기 위해

아침 6시가 넘었는데도 사방이 캄캄하다. 차량들이 전조등을 켠 채 저마다의 목적지를 향해 달리고 있다. 나도 그 속에 있다. 그 많은 차량 중에 사진을 찍으러 가는 사람은 몇 명이나 될까? 고단한 사진가의 삶을 오늘도 달리는 차 안에서 하소연하고 있다.

겨울철 태양이 솟아 나올 때 뿜어대는 붉은 노을을 찍기란 참 어렵다. 06시경 현장에 도착을 해서 기다려야 하기 때문에 가까운 관곡지라고 해도 05시에 일어나 준비를 하고 달려가야 그 시간에 도착을 하게 된다. 전날 일기예보는 필수적으로 확인 후 현장에서 기다리다 보면 생각했던 붉은 노을이 아닐 때가 다반사다.

그래서 한 장소를 수없이 달려가 사진을 찍게 된다. 특히 아침노을은 분초마다 색이 변하므로 이동을 하면서 원하는 색을 찍기란 여간 어려운 게 아니다. 어느 정해진 장소에서 사진을 찍다가 100여 m 거리에 또 다른 좋은 주제가 보일 때 헉헉거리며 그곳으로 달려간다. 그러나 그곳에 도착을 하고 나면 노을 색은 순식간에 변한다.

살아있는 연이나 죽은 연이나

연꽃이 말라죽었다고 해서 연마저 모두 죽은 게 아니다. 또 다른 모습으로 태어난 연이라고 생각했다. 그러다 보니 살아있는 연이나 죽은 연이나 색깔만 다를 뿐 변함없는 하나의 연이었다. 연꽃이 없으면 없는 대로 관곡지 연밭은 그 자리를 지키고 있다.

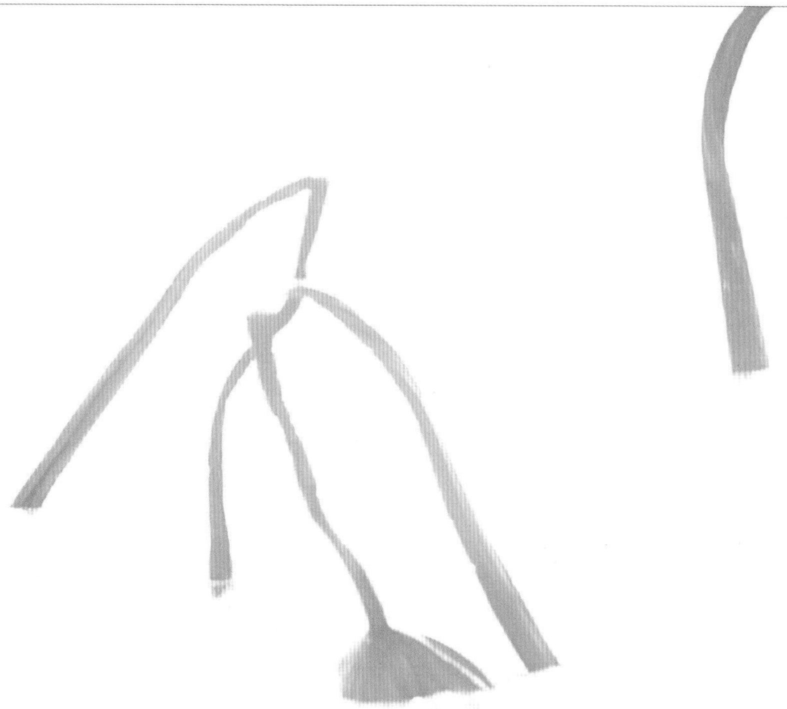

연밥(씨) 색이 너무 좋아

둥근 연밥은 말벌 집처럼 구멍이 숭숭 뚫려있는데 물에 불린 검정콩보다도 큰 씨가 그 연밥에서 자란다. 고약한 사람들은 연씨가 좋다는 것을 어떻게 알고는 여물기도 전에 연밥에 들어있는 연씨를 뽑아먹는다. 그런 연밥은 결국 사람의 독이 퍼져서 흉하게 썩어 죽는다.

농부는 연밥도 채취를 한다. 그러니까 연꽃, 연잎, 연씨, 연근, 하나도 버리는 게 없다. 여문 연씨는 껍질이 돌보다 더 단단해서 망치로 깨야 하얀 알맹이가 나온다.

나는 5년 전에 마른 연밥 색이 너무 좋아서 제일 큰 연밥으로 10개를 샀다. 그때 연밭 주인이 3개를 더 주어서 13개를 작업실에 눈만 뜨면 보이는 곳에 놓았다. 지금까지도 연밥의 색은 처음 그 색을 유지하고 있는 게 참으로 신기하다. 그런데 작업실을 취재차 방문한 모 방송사 여성작가분이 연밥이 너무 좋다고 하면서 시선을 떼지 못하는 것이었다. 나는 연밥 하나를 그 여성의 손에 쥐여주었더니 그렇게 좋아할 수가 없었다.

파란 잔디밭에
하얀 눈사람

첫눈이 세상을 하얗게 덮었다. 일기예보는 눈이었다. 그런데 아침 7시까지도 눈이 오지 않아 다시 잠을 청했다. 그리고 8시경 일어나니 하얀 세상이 된 것이다. 부랴부랴 관곡지로 향했다. 파란 잔디밭도 하얀 눈이 덮었다. 하얀 잔디밭에는 아이와 어른이 눈사람을 만들고 있다. 연꽃이 사라진 연밭에 하늘에서 천사가 내려와 하얀 꽃을 피웠다.

눈은 생각했던 것보다 빠르게 녹았다. 하얀 잔디밭이 눈사람을 만들고부터 다시 파란 잔디 모습으로 나타났다. 그 파란 잔디 위에 눈사람이 서있다. 수초와 수련이 없는 물이 맑은 논에는 손바닥만 한 조개들이 이리저리 기어 다닌 흔적과 함께 반쯤 진흙에 묻혀있었다. 유독 두 곳에만 조개가 많았다.

눈이 빨리 녹는 바람에 생각했던 사진을 찍기 어려웠다. 후회가 되었다. 일기예보를 믿고 눈이 오기 전에 관곡지로 달려가 기다려야 했다. 사진은 그때 그 순간에 찍지 못하면 수년이 걸릴 수도 있으며 영원히 찍을 수 없게 될 수도 있다. 그래서 한 점의 사진을 만들기 위해 숨 가쁘게 찾아다니는 것이다.

걷는 게 보약이라는 소리를 종종 듣는다. 하루에 8천에서 1만 5천보를 걸으며 사진을 찍으니 돈 한 푼 안 들이고 좋은 보약을 섭취하는 것이나 다름없다. 파란 잔디 위에 하얀 눈사람을 바라보면서 기승을 부리는 코로나 전염병의 불안감에서 잠시 벗어날 수가 있었다.

사진 속으로
들어가고 싶을 때

나는 가끔씩 사진 속으로 들어가고 싶을 때가 있다. 사진이 맘에 안 들어서, 감동적인 사진을 만들지 못했을 때, 궁금한 게 많을 때 등이다. 특히 하나의 주제에 숨어있는 이야기를 찾아 사진을 찍다 보면 찍으면 찍을수록 궁금한 게 참 많다.

외적으로는 말라죽은 게 분명한데 어느 한 곳에 '생명'이 있을 거라는 믿음으로 사진을 찍고 있는 게 바로 연이다. 그러니까 외적인 생명이 아닌 영적인 생명을 찾으려는 것이다. 처음부터 무모한 생각으로 사진을 찍고 있는 게 아닐까 고민이 된 것도 사실이다.

비록 죽은 '연'일지라도 더 신비롭고, 죽었으나 살아있는 연처럼 찍으려고 한다. 그게 허망 된 꿈이라고 해도 '생명' 그 비밀을 연에서 풀어보려고 하는 것이다.

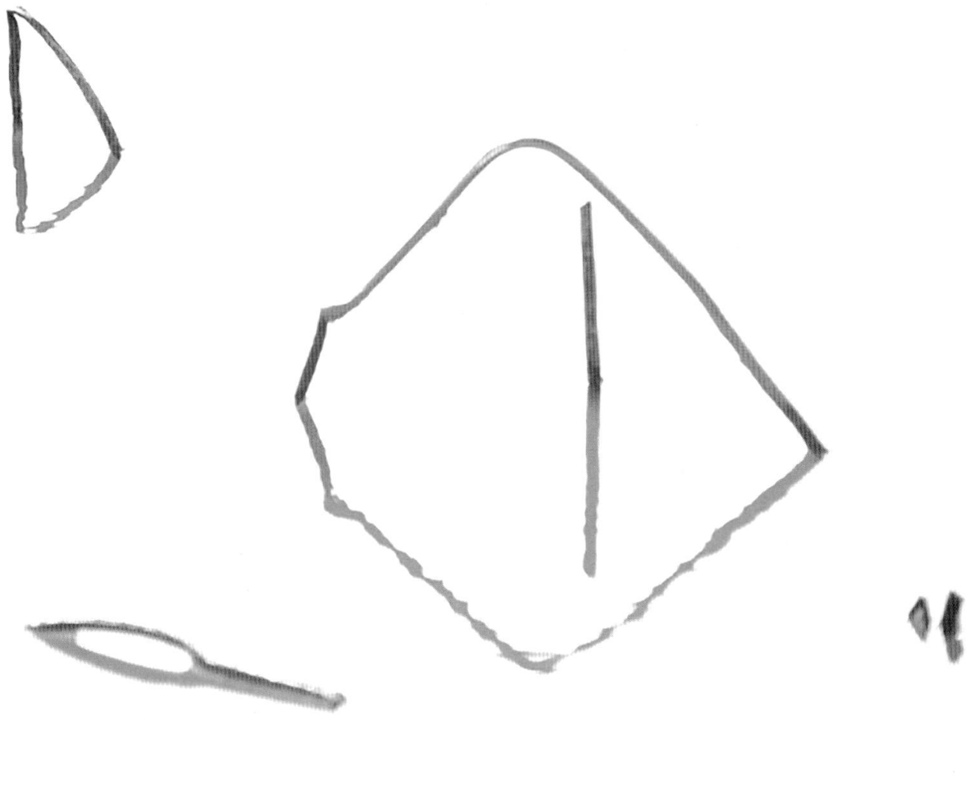

얼음장 위로 솟아난 연

일기예보에서 영하 10도라고 한다. 그때를 기다렸던 것이다. 얼음이 두껍게 얼어붙은 관곡지 연밭에 연이 솟아있을 거라는 생각에서다. 평소보다 옷을 더 입고 방한화를 신고 털모자를 눌러썼다. 게다가 마스크를 쓰니 꼭 에스키모인 같았다.

그 추운 겨울 아침에 연밭 주인은 포클레인으로 연을 캐내고 있다. 남아있는 연밭은 당연히 하얗게 얼어붙어있다. 한 사람이 얼음 위에서 사진을 찍고 있었다. 나보다 더 부지런한 사진가가 있구나 생각했다. 몸은 나보다 왜소하다는 것을 생각하지 못하고 나도 괜찮을 거라는 즉흥적 판단으로 얼어붙은 연밭으로 들어간 것이다. 그런데 발걸음을 옮길 때마다 소름이 끼칠 정도로 얼음 찢어지는 소리가 짝짝 들려왔다.

사진을 찍던 사람은 어디론가 사라졌다. 하지만 나는 찍던 것을 멈출 수가 없었다. 양지쪽으로는 얼음이 얇게 얼었다는 것을 알 수가 있었다. 사진을 찍다가 얼음이 깨진다면 어떻게 해야 하나 불안했다. 주위를 살펴보니 한가운데 홀로 서있었다. 덜컥 겁이 났다. 논둑을 향해 한 발, 한 발 조심스럽게 옮겨 놓았다. 짝짝 얼음 찢어지는 소리는 멈추지 않았다.

양지쪽 논둑 아래 얼음이 얇아 밟으면 깨질 것 같았다. 그래도 뛰어넘는 수밖에 없었다. 온 힘을 다해 힘차게 뛰었다. 그런데 왼발이 논둑 아래 얼음을 깨고 빠졌다. 물이 더 이상 스며들지 않게 곧바로 얼음물을 털어냈다. 다행히 물은 스며들지 않았다.

지나가던 여성이 발걸음을 멈추고 재미있다는 듯이 바라보고 있었다. 그 여성은 나보다 몸무게가 훨씬 더 많이 나갈 것 같아 웃음이 절로 나왔다.

연꽃도
없는데

관곡지 원두막에는 나와 운동을 나온 마스크를 쓰고 모자를 눌러 쓴 여성 한 사람과 그 여성이 품에 안고 있는 강아지 한 마리뿐이었다. 그 여성은 대뜸 "아무것도 없는데 무얼 찍으세요?" 그 말에 어떻게 답해야 할지 생각하고 있는 중에 똑같은 말을 다시 물었다. 성질이 꽤나 급한 사람이라고 생각했다.

"연을 찍습니다." "연꽃이 모두 말라죽은 지 오래되었는데요?" "저기 연이 많이 있잖아요." 내 말이 끝나기가 무섭게 일어서더니 힐끔힐끔 보면서 강아지를 품에 안고 빠른 걸음으로 얼어붙은 연밭으로 걸어갔다. 나는 분명히 연을 찍는다고 했지 연꽃을 찍는다고 하지 않았다. 하지만 그 말을 이해할 수 있는 사람이 몇이나 될까.

그 여성은 놀리는 줄로 착각할 수도 있다고 생각했다. 가뜩이나 코로나가 기승을 부리는데 대꾸를 한 나도 잘못이다. 입을 봉하고 살아야 하는 세상이다.

자고 나면 코로나 전염병에 감염된 인원과 사망자 숫자가 더욱 불안감을 불러온다. 오죽하면 신문 방송을 안 볼까. 사람을 만날 수도 만나자는 말조차 할 수 없는 세상에서 살고 있다는 게 인류 문명의 재앙이라고 생각했다.

하얀 눈으로 덮인 연밭에서

서울은 폭설이 내려 교통이 마비되고 버스 안에서 7시간을 떨며 보내야 했다는 끔찍한 뉴스를 보면서 조심조심 관곡지 연밭으로 향했다. 온천지가 하얀 세상이 되었다. 연밭도 하얀 눈으로 덮였다. 연잎과 연대에 하얀 눈이 소복이 쌓인 것을 찍으려고 달려갔으나 바람이 불어 갈색의 연대만이 덩그러니 남아있었다.

눈을 밟으며 걸어가는 소리가 사각사각 들려왔다. 그 소리가 정겹다. 바람이 불어 더 춥게 느껴졌다. 사람도 없고 철새들도 없다. 하지만 혼자가 더 좋다. 연대는 부러져 말라죽으면서도 온갖 신비스러운 모양으로 디자인을 해놓았다. 죽어도 죽은 게 아니었다. 얼마나 추우면 카메라 셔터 소리마저 얼음 깨지는 소리로 들려올까. 언젠가 강추위에 카메라가 고장이 나서 낭패를 본 경험이 떠올라 은근히 걱정이 되었다.

하지만 눈 덮인 연밭에서 손가락마저 얼어붙을 것 같은 매서운 추위에 사진을 찍을 수 있다는 것조차 행복이라고 생각했다. 이렇게 눈이 쌓이고 추운 겨울에는 하늘나라로 먼먼 여행을 떠나신 어머니가 더욱 그립다.

어머니는 너덜거리는 구멍 난 대문 앞 우물가에서 꽁꽁 얼어붙은 겨울날에도 꼭꼭 손빨래를 하셨다. 세탁기에 빨면 전기세가 많이 나온다는 이유에서다. 그 돈을 아끼면 필름 몇 통을 살 수 있다고 하신 말씀은 내가 죽어서도 안고 가야 할 어머니의 말씀이다. 그래서 어머니가 세상을 떠나신 후에도 빨래를 하시던 빨래판과 방망이 한 개를 버리지 못하고 눈만 뜨면 보이는 곳에 놔두고 어머니를 생각한다.

사진에 미쳐 돌아다니는 자식 때문에 마음고생만 하시다 세상을 떠나신 어머니, 하얀 눈으로 덮인 관곡지 연밭에서 어머니를 불러봅니다.

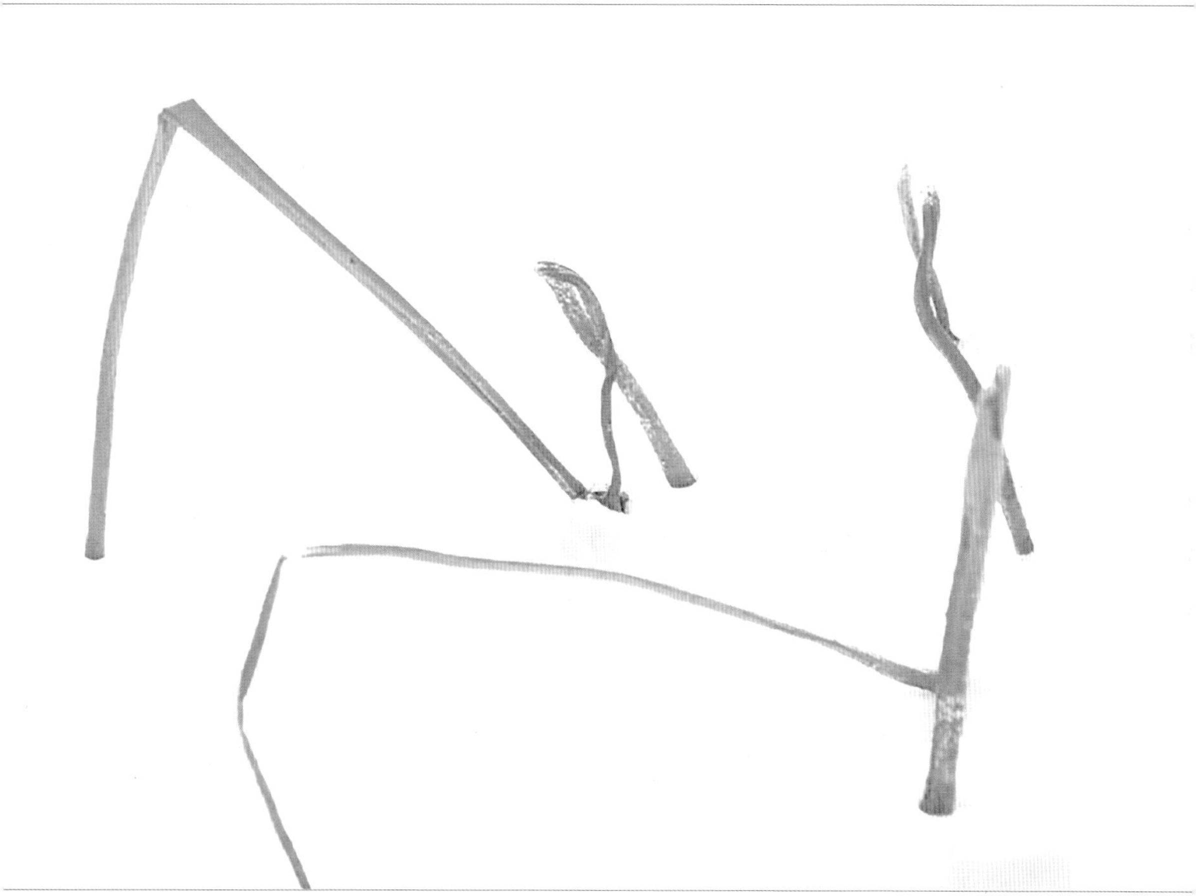

기쁨과 감동을
주기 위해

나는 나만을 위한 사진을 고집하지 않는다.
내가 사랑하는 사람
나를 사랑하는 사람
그리고 이 시대를 살아가는 사람들에게
기쁨과 감동을 주려고 사진을 찍는 것이다.

연꽃으로 다시 태어난 남근, 여체

남근과 여체로 다시 태어난 연꽃의 비밀은 어디에 숨어있는 것일까? 사진을 찍다 보면 종종 여러 가지 모양의 실체와 같은 형상을 만나게 된다. 하지만 연꽃에서 그런 형상을 찍었다는 게 신기하기도 하지만 한편으로는 궁금한 게 한두 가지가 아니었다. 물론 사람마다 어떻게 보고 느끼느냐에 따라서 달라질 수도 있다.

'생명 연에서 찾다'를 주제로 10여 년이 넘게 관곡지 연밭으로 달려가 사진을 찍었다. 그러나 시원한 답을 찾지 못했다. 단지 생명과 죽음은 단절된 세계가 아니라는 상상을 하게 되었다. 죽으면 다시 새 생명이 태어나고 태어나면 언젠가는 죽는다는 자연의 진리를 깨닫게 되었을 뿐이다. 연을 집중적으로 찍다 보니 연은 죽어도 죽은 게 아님을 느낄 수가 있었다.

연에서 생명을 찾는다는 것은 매우 어려운 도전이었다. 사진가로서의 한계를 벗어날 수가 없었다. 비록 생명의 신비로움을 연에서 찾지는 못했으나 내 영혼은 이미 연 속 깊숙이 자리 잡고 있음을 스스로 인정할 수밖에 없었다.

연꽃이 말라죽었다고 해서

그 여름 화려하게 피어나
사람들의 가슴을 뛰게 했던
연꽃이 말라죽었다고 해서
영원히 사라진 것은 아니었다.
연꽃을 피워냈던 연대는
예술가로 다시 태어나
인간이 감히 흉내 낼 수 없는
멋진 디자인을 하고 있다.

죽은 연대를 연꽃으로 생각하며

말라죽은 연대를 연꽃으로 생각하며 수없이 셔터를 누른다. 사물을 어떻게 보는가도 중요하지만 오로지 마음으로 찍는 게 더 중요하다는 것을 일찌감치 터득한 탓에 항상 그런 마음으로 사진을 찍는다. 말라죽은 볼품없는 연대도 따뜻한 가슴으로 찍으니 연꽃과는 또 다른 느낌의 사진이 되었다. 죽어서도 아름다운 연, 그 비밀은 사진가 자신에게도 있는 것이다.

나는 항상 한 점의 사진을 찍을 때마다 정성을 쏟는다. 그렇게 찍은 사진을 공개를 할 때는 더욱 정성을 들인다. 사진 한 점이 병든 사람을 치유할 수도 있다는 생각에서다. 그러다 보니 한 꼭지를 포스팅하는데도 시간이 많이 걸린다. 보는 사람들은 아주 쉽고 자유롭게 보고 있지만 나는 많이 힘들다. 때로는 왜 그렇게 해야 하나를 스스로에게 물을 때가 한두 번이 아니다. 그러나 결론은 매번 같다. 나는 사진가이기 때문이다.

연꽃이
떠난 그 자리에는

연꽃이 떠난
그 자리에는
그리움에 지친 연밥이
지난여름의 노래를
부르고 있습니다.

고운 이별

그토록 고운 연꽃에게도
불쑥 이별이 찾아와
지독한 슬픔을 안겨줍니다.
하지만 이별은 끝이 아니며
희망의 싹을 틔우는
새로운 시작이기도 합니다.

지은이

최병관 崔秉寬

최병관은 인천시 남동구 논현동 산뒤마을(소래)에서 태어나 지금까지 그곳에서 살아오면서 사라져 가는 고향 풍경을 비롯한 30가지 주제를 선정하여 끊임없이 사진 작업을 하고 있다. 사진의 주제는 모두 자연이다. 카메라 외에 어떤 보조 기구도 사용하지 않으며 인위적으로 색을 만들거나 트리밍을 일절 하지 않는다. 특히 사진이 간결하며 색이 곱고 볼수록 신비로움을 느낀다.

1996년에는 육군본부 DMZ 사진작가로 선정되어 한국전쟁이 끝난 지 반세기 만에 민간인 최초로 1997~1998년 동안 DMZ의 서쪽 끝 말도부터 동쪽 끝 해금강까지 '휴전선 155마일'을 3차례 횡단하면서 사진을 찍고 글을 썼다. 2000~2003년에는 전쟁으로 끊어진 경의선 철도 도로 복원 연결 DMZ 사진 작업을 했다.

이 사진들로 2010년 유엔 초청으로 뉴욕 유엔본부에서 사진전〈한국의 비무장지대 평화와 생명을 찾아서〉를 열어 국내외의 큰 관심을 불러왔다. 2004년에는 국제적인 일본 동경사진미술관의 초청을 받아 개인전을 열었으며, 2000년에는 일본 NHK TV에서 아시아의 작가로 선정되어 〈한국의 사진작가 최병관〉 편이 전 세계에 방영되었다.

2019년에는 인도네시아 국립박물관 초청전, 아세안연합 대표부 초청전을 열었다. 그 전시로 인도네시아에 'K-Photo'라는 신조어를 남겼다. 2014년 인천아시안게임, 2018년 평창동계올림픽 초청 개인전 등 국내외에서 45번의 초청 개인전을 열었다.

사진 책 27종, 포토에세이 4종, 포토시집 2종, 어린이 책 1종을 출간했으며 그중에서 『어머니의 실크로드』(한울), 『휴전선155마일 450일간의 일기』(한울)는 문화체육관광부 우수도서로 선정되었으며, 아이들 책 『울지 마 꽃들아』(보림)는 초등학교 5, 6학년 교과서에 수록되었다. 2019년 미국 트럼프 대통령 한국 방문 때는 사진집 *Korea's DMZ*가 정부 공식 선물로써 증정되었다.

대통령표창장, 외교통상부장관상, 인천광역시문화상, 인천환경인대상, 자랑스런논현인상, DMZ문화대상을 받았으며, 아세안연합 사무총장 감사패, 육군참모총장 감사패를 받았다. 또한 월남전에 참전한 국가유공자이기도 하다.

생명 연에서 찾다

지은이 최병관
펴낸이 김종수
펴낸곳 한울엠플러스(주)

초판 1쇄 인쇄 2022년 7월 5일
초판 1쇄 발행 2022년 7월 10일

주소 10881 경기도 파주시 광인사길 153 한울시소빌딩 3층
전화 031-955-0655
팩스 031-955-0656
홈페이지 www.hanulmplus.kr
등록번호 제406-2015-000143호

Printed in Korea.
ISBN 978-89-460-8197-0 03810